俺の爺さまは半次郎

桐野 文明
Bummei Kirino

文芸社

序

一九四五（昭和二十）年八月、二個の原子爆弾が日本に投下された。それはとてつもない巨大な破壊力であった。

数え切れない多くの人々が傷つき、死んでいった。そして放射能で人や建物、あらゆるものが汚染された。

それと同時にあまりのパワーによって時空に歪みが生じ始めた。過去の歴史までも。

時空の神は修復に取りかかった。明治十年の西南戦争の修復を。その役に神が命じたのは、徳川家十三代将軍家定の御台所、天璋院篤姫であった。

その篤姫が修復の援者に選んだ者がいた。現代に生きる高校三年生、川原伝次郎。
彼は普通の高校生と何ら変わりない。だが、唯一、違うものがあった。
彼は現代においては稀有とされる薩摩の自顕流《じげんりゅう》の遣い手であり、また、達人であった。

一

転校生がやってきた。

「藤原敬子《すみこ》といいます。よろしく」

そして彼女は俺の隣の席に座った。

―― 一 ――

俺の名は川原伝次郎、高校三年生。うちの高校は今年度限りで廃校になる。

少子化の影響でこの鹿児島の大隅半島も例外ではなく、生徒の減少が進み、今に至っている。

だが、廃校前の高校に転校生が立て続けにやってきた。

不思議なことがあるものだ。先日はふたりの男女。制服の上に黒いマントを羽織っている。ほとんど声を聞いたことがない。

先生が授業中、指名しても、ただうっすらと笑っているだけだ。担任も気持ち悪がり、最近は声をかけない。

昨日の転校生は茶髪の男子。茶髪というよりは赤色に近い。眼光の鋭さが半端ではない。先生たちもあの二人とは違った意味で誰も声をかけない。

本人は普通にしようと繕っているのは見え見えだが、どう見ても不良の中の不良だ。名前も少し変わっていて「辺見十郎太」だって。

そして、今日の藤原敬子。この娘は年齢不詳って感じだ。本当に高校生なのか。

「よろしく、藤原敬子です。ところで、私ってそんなに老けて見える。伝次郎さん」

「えっ……」

心の中が見えるのか、この娘、怖えー。しかも俺の名前まで知っている。

「怖くなんてないわよ」

ひえー。

「薩摩男児たる者は、心中を悟られぬよう、表情を無暗に出してはなりません。以後、気を付けることですね。あっ、それから私、君の家でお世話になるのでよろしく」

── 一 ──

そういえば、うちの離れ家に親父の友人の娘が来るとか言っていたな。親父の友人というのは、薩摩島津家に縁のあるかたらしい。詳しくは教えてもらえなかった。

その日から、食事、朝夕の登下校まで一緒にすることになった。お嬢様育ちらしく、本当にゆっくりと食べる。食べているのを見られるのが嫌なようで、恥ずかしそうにしている。

そういえば最近立て続けに不思議な夢を見た。若い女性が現れ、何も言わず佇んでいる。服装が多岐にわたり、着物だったり、高校の制服やシャツ姿だったりと。

時にはなぜか、刀を携えていたり。顔はぼんやりとしていてよく見えない。

こちらから声をかけようとすると朝を迎えていた。

敬子が来てからは、なぜか見なくなった。

まだ、夜も明けきっていない早朝、二人の男が、とある神社に来ていた。そこは、野外の剣術道場であった。砂地に杵《いす》の木の束が横に並べられ、一方には一本ずつ高さ二メートルほどの杵が所々に立てられている。

一礼すると突如、「キェーイ」という裂帛の気合いとともに大地を斬り割るかのような剣を振り下ろす。受け止めれば鍔もろとも額にめり込んで絶命すると言われた剣。

——一——

幕末、京都の治安維持には、あの新撰組があたっていた。その新撰組が、ただひとつ恐怖した剣があった。剛勇で知られる隊長の近藤勇でさえ、隊士に向かい「薩摩の初太刀は外せ」と言わしめた。「外せ」とは、つまり相手にせず「逃げよ」ということである。

その薩摩の志士らが遣った剣こそが「薬丸自顕流《じげんりゅう》」であった。

この薬丸自顕流は幕末まで門外不出とされていた。稽古も人目に触れぬよう、行われていた。そのため、他藩の者には全く知られていなかった。

知られていないのには、もう一つわけがあった。この剣と対峙した者はすべて生きて帰ることはなかったからである。恐るべし究極の「殺人剣」なのである。

その剣を現代に継承している者がいる。

川原伝次郎である。父は川原文明《ぶんめい》。郷土史家である。この父もまた、自顕流の遣い手である。


「伝次郎、今日はこれくらいにしよう」

「はい」

二人は道場に一礼し、帰途についた。

この伝次郎の川原家は桜島の士族の出自である。自宅の庭にも砂場の道場がある。幼少の頃より父から当たり前のように自宅で鍛えられ、週末はこの神社に来ている。


鹿児島といえば「ジゲンリュウ」であるが、よく知られていない面がある。実は、ふたつの「ジゲンリュウ」があるのだ。

ひとつは東郷示現流《じげんりゅう》。もうひとつは薬丸自顕流《じげんりゅう》。

幕末、維新の戊辰戦争、西南戦争で薩摩の志士らが遣っていたのは後者の薬丸自顕流である。

「維新は薬丸どんが叩き上げた」と言われる所以である。

現代の鹿児島で、伝次郎のように代々継承している者はほとんどいない。


——一——


週末の神社には毎回ではないが、二人の師範が見に来る。特に細かい指導をするわけでもなく、成長を見守っているようだ。父も一緒だ。

この三人は稽古というより談笑して終わるのが常だ。

この二人の師範は島津家の末裔だそうだ。父と仲がいいのは、何か先祖に接点があるのかもしれない。

伝次郎は剣道もやっていた。小学校までは無敵無敗。最近は滅多にいない上段の構えから繰り出す〝面〟は、目にも留まらぬ速さと強さのため、かわせる者はいない。

この〝面〟は真正面ではなく〝横面〟に近い。当てるというより、まさしく斬る強さのため、相手はダメージが大きく、皆、対戦を避けたがっていた。

ある大会で、その〝面〟を受け止めた者がいたが、竹刀もろとも面に叩きつけられ、横転したところを飛び上がり、上空から叩き斬るかのごとく一本を取る激しさであった。

普段は温厚でやさしく怒ったりすることなどない伝次郎だが、一度剣を持つと別人のように太刀を振り始めるのである。本人自身にとって、その変様は自然であり、止めることのできない本能であった。

中学生になり、父から〝抜き〟の技を習う。幕末、新撰組を震え上がらせた自顕流の真骨頂と言える。

生麦事件で馬上の英国人を斬ったのも〝抜き〟だと言われている。この技は相手の股間から斬りあげる必殺技である。

その凄さのなせるわけは相手との〝間〟にある。通常の剣術では下がる必要のない距離だと判断しても、あっという間に地を這う低さと目にも留まらぬ速さで間合いに入って来るのだ。股間から脇腹まで切り裂かれ、内臓が飛び出すことになる。

幕末、その剣は見ずとも斬られた酷い屍により自顕流の仕業だとわかると言われていた。


伝次郎は早々にこの技を会得した。父からは、剣道では絶対にこの技は遣うなと言われていた。だが、中学校の県大会決勝で遣ってしまったのである。

相手が強豪であったため、真剣になり無意識のうちにである。

気がついたときには相手は仰向けに倒れ、泡を吹き、気を失っていた。あま

—— 二 ——

りにも危険な反則技であるとされ出場停止処分を受けた。それ以来、剣道はやめ、自顕流だけにしている。

二

敬子《すみこ》が転校してきてから一ヶ月が過ぎた。一緒に暮らしているため、傍らにいることが当たり前になってきた。逆にそばにいないと寂しく思えるようになってきた。

徐々に高まる敬子への関心と同時に、恋慕の情もほのかに湧いてきたようでもある。

恥ずかしがり屋ではあるが、芯の強さを感じさせ、なによりも伝次郎のことを気遣ってくれる思いやりを感じる。また、最近の女子高生にない妖艶さを漂わせている。

何気ない合間にみせる、どこか遠くを眺め、物思う表情は愁いをおびている。何か特別な過去を背負っているかのようである。この横顔をいつまでも残しておきたい感情にかられてしまっている。

「どうした。私の顔に何かついているか」

「わっ、別に何も」

どうやら見惚れていたようだ。

最近の敬子は図書室に寄ってから帰るのが日課になっている。

晩秋の図書室。遠くから鳥のさえずりが聞こえてくる。夕陽が窓辺に差し込んでいる。その夕陽が敬子の読んでいる本を照らしている。

はらはらと落ちてゆく紅葉がページに小さな影を映しては消えていく。

鳥のさえずりが止んだ。まるで時が止まっているかのようである。静かにゆっくりと過ぎていく。

図書室の本とノートの匂いの中に外からわずかではあるが、金木犀の香りが混じってきた。季節の移り変わりというのは、こういう中に存在しているのだろうか。

何か幼い日の思い出が蘇るようである。夕方まで友達と夢中になって遊んでいたあの頃。心配した母さんが夕陽の向こうからエプロン姿で迎えに来てくれた。そんなに昔のことでもないのに、すごく懐かしく感じる。

―― 二 ――

心根の機微に触れることの少ない昨今の日常ではあまりないことだ。久しぶりに秋の深さを感じた。

読み耽っているのか、近づいても気付かない。暫くして敬子の頬に涙がこぼれ落ちてきた。それを拭おうともせず、ひたすらページをめくっていく。その愁いを帯びた横顔を素直に綺麗だと思った。いとおしいと思った。

と、そのとき、敬子がやっと気付いた。

「伝次郎、そんなに私がいとしいか」

「えっ」

「前にも言ったが、薩摩男子が心の内を見透かされるようではつまらん」

「………」

なぜ、ここまで簡単に見透かされるんだ。俺、そんなに顔に出ているか。

「ああ、出ておるぞ。まあ、そこが良いところでもあるが」

「げっ」

「そろそろ、帰ろうぞ」

「ああ、うん」

図書室を出る際、敬子が読んでいた本が気になった。涙しながらいったい何を読んでいたのだろうか。

棚に返却した本を確かめてみた。何の本だろう。

「日本史百科事典」

最近ブームの歴史女子なのか。それにしても泣くまでとは。

「伝次郎、何をしている。早く帰ろう」

二人は晩秋の図書室をあとにした。


—— 二 ——


川縁を二人並んで歩いていく。

自転車通学の女子高生らが追い越していく。

「さようなら、おふたりさん」

「ああ、また、明日」

夕焼けが大隅の山々を覆い、まるで燃えているかのようである。こういう光景に出会うと、なぜか胸のあたりがキュンと締め付けられる。

小さい頃、母に連れられてよく散歩したものだ。その母は若くして病のうちに亡くなった。

母の口癖は、

「弱い者をいじめてはなりません」

「威張る大人になってはいけません」

「嘘はつかず、正直に生きなさい」

だった。


人は知らず知らずのうちに、ちょっとした肩書きで威張り、弱い者をいじめ、わずかなお金と権力のために魂を売って生きている者が多い。

俺はどんな生き方をすればいいのだろう。どんな大人になるのだろう。

夢って何だろう。今の俺は特に持っていない。たいした刺激も多くない学生生活を毎日、坦々と過ごしているだけだ。

夢中になって何かをやっているか。いや、やっていない。

―― 二 ――

幼い頃より自顕流はやっているが、そこまで真剣に取り組んでいない。生きていく中で命をかけてやることが何かあるのだろうか。

今の日本は平和だ。こうやって学生をやっていられるのも戦争をしていないからだ。ありがたいと思う。だが、その中で何かのために誰かのために命をかけることがあるのだろうか。

もし、そういうときが来たらどうしよう。迷わずに行動できるのか。事を静観し、見過ごし、他人事として済ますのか。いや、だめだ。それでは生きている価値などないのではないか。

だが、綺麗事は考えていても本当に実行できるのか。今の俺にできるのか。ところで、何に命をかける。何を守る。好きな女性か。

並んで歩いている敬子に何かあったら守れるのか。いざ、そうなってみないとわからないのか。

今の俺は何ができる。何の価値がある。俺の存在。敬子を守ることが俺の存在なのか。そうかもしれない。

亡き母は「敬子さんを守れ」と言うのかもしれない。

なぜか心が晴れて落ち着いた。


「伝次郎……」

敬子が目を涙で潤ませている。

まさか、今のこの心中まで見通したのか。

それでいい、この正直な気持ちに変わりはない。

「そうだ、伝次郎、お腹が空いたな。パンを食べよう。おごるぞ」

そして近くのパン屋さんへ寄った。

「はい、ありがとう、お嬢ちゃん。おつり五十五円ね」

川縁の土手に座り、いっしょに食べた。

食べながら、敬子が伸ばした足の先のほうを見ている。

「綺麗な花」

敬子の指さす先に小さな白い一輪の花が咲いている。

「野草の中に凛と咲いておる」

「ああ、健気だね」

「一輪の花が埋もれまいと必死に生きているようだ。私もこの花のようでありたいものだ」

「そう思って見ると本当に綺麗だな」

「ところで、明日は自顕流の稽古は神社だったわね。見に行ってもいいいか」

週末は、島津家の神社で稽古をしている。

「ああ、いいよ。でも女子高生が見てもつまらないかも」

「いや、いいんだ」

「ふーん、じゃ、朝五時に出発だから準備していて」

「ああ、頼んだぞ」

まあ、特に気にはならないが、どうも上から目線の話し方は何だろう。

お姫様と話しているようだ。

三

翌朝、神社の道場へ敬子と父の三人で行った。まだ、朝露の残る荘厳な雰囲気だ。平日は自宅だが、週末はここだ。県内各地の門弟がここに集う。するとすでに誰か来ているようだ。えっ、あれは、この前転校してきた辺見だ。彼も遣い手なのか。

その向こうに一組の男女のカップルがいる。確か、うちの学校に転校してきた謎めいた二人だ。つき合っているのだろうか、いつも一緒だ。

この二人の声を聞いたこともなく、先生らも気味悪がっている。

今日も例の黒いマントを羽織っている。

全然聞こえないが、二人で静かに会話しているようだ。

でも、なぜここにいるのだろう。剣術をするようには見えないのだが。

敬子《すみこ》も気付いているようだが、特に何の反応も示さない。

そこへ辺見が近づいてきた。敬子の前で立ち止まり、きちんと礼儀正しく一礼した。

えっ、どういうことだ。同級生に対する態度には見えない。しかも、髪を紅く染めた不良が知り合いなのか。

「おう、伝次郎、来たか。お前の腕前見せてもらおうか」

親しげに語ってきた。

「辺見も自顕流をやるのか。知らなかった。遣い手は少なくなってきて、ほとんど顔見知りだったが、高校生で他にいたとはなあ。どこの道場だ」

「道場には行っちょらん。自己流だ」

「いや、嘘だろう。今の時代に自己流でやれるわけがない」

「何とかやっちょるよ」

辺見のやつ、自顕流をなめとるな、よし、ひと泡吹かせてやる。

準備に入る。続け打ち用の台座を備え、打ち廻り用の柞の木を立てていった。

自顕流は基本的に一対一の対決での稽古はしない。対決となると、どちらかが死ぬことになるのだ。ただ、長棒と木刀での対決はやる。

それは、長棒の担当の実力が長けている場合で、木刀の相手を鍛えるためである。

とにかく、防御のない攻撃だけのパワーとスピードの極限を極める剣術である。

伝次郎は道場に一礼してのち、続け打ち用の柞を地軸を割るかの如く叩き、「キェーイ」という猿叫とともに、立ち木を次々と倒していった。

我ながら、なかなかうまくできた手応えであった。どうだ、少しはビビッただろうか。

ところが、辺見は何もなかったかのように平然としている。これまで伝次郎の気合いを目の当たりにした者は目を丸くし呆然と立ちすくむものだった。

「じゃ、俺もやってみる。見ていてくれ」

と、辺見が木刀を持ち、準備し始めた。

静かに一礼して、立ち木に向かっていく。

「キェーイ」

今まで聞いたこともない気合いとともに、打ち廻りを始めたと思ったら、あっという間にすべてを終えた。目にも留まらぬ速さとはこういうことなのか。力強く、しかも正確に獲物に向かっていく姿はまるで猛虎であった。

いったい何があったのだろう。

道場には、木刀と立ち木の摩擦でできたと思われる煙と匂いが立ちこめている。初めて見るレベルの自顕流だ。あれだけ激しい動きをしていながら、全く呼吸が乱れていない。

にやっと笑い、

「少し鈍ってきちょる。稽古のやり直しじゃ」

敬子がおもむろに口を開いた。

「伝次郎、辺見に鍛えてもらいなさい。格の違いがわかったでしょ。私、見届けてあげるから」

── 三 ──

悔しいが仕方ない。確かに格が違う。人間業とは思えない。本当の「殺人剣」そのものという感じだ。

うちの親父も神業の持ち主と思っていたが、それよりはるかに上だ。

「いや、伝次郎もなかなかのものだ。俺と暫くの間、いっしょにやればすぐに追いつく。ただ、まわりに手本になる者があまりいなかっただけのことだ。俺とは環境が違う」

辺見は自己流のはずだろう。俺を褒めているのか、かばっているのか、よくわからない。

次は親父が長棒を持ち、辺見が木刀の形式で稽古が始まった。

この二人のスピードとパワーは桁違いだ。

本気で人を殺すつもりでやっているようだ。鳥肌が立ってきた。なかなかおさまらない。怖いのだ。


辺見の眼力は半端じゃない。睨まれたら体は動かないかもしれない。

「よし、次は伝次郎だ。さあ、来い」

辺見が長棒を持ち誘っている。


もう、どうにでもなれ、やってやる。

一礼して対座する。目を合わせる。だめだ。動けない。手が震え、体が動こうとしないのだ。

ええーい、とにかく突っ込んでいった。

簡単に転がされ、長棒が額に寸止めされていた。完敗だ。

お互い静かに一礼して終えた。辺見が静かに諭すように語った。

「伝次郎よ、自顕流は技も大事だが、それ以上に気合い、気力はもっと大事だ。お前は俺と目が合った時点で負け、殺されていたのだ。そのとき、お前は無我夢中でどうにでもなれと向かってきた。無我夢中といえば聞こえはいいが、自顕流では一番あってはならないこと。常に状況を把握し、冷静に事を構え、集中し高め、相手を凌駕し、倒していく。猿叫とともに。難しいことではない、お前ならすぐできる。何しろお前は……」

「それ以上は言わなくてもよい」

―― 三 ――

敬子が遮った。

「さあ、もう一度来い」

辺見が構える。

ようし、何度でもやってやる。

震えた自分が情けない。辺見に追い付き、追い越してやる。伝次郎の体に内在する何かに火がついた瞬間であった。

「キェーイ」

それから幾度となく稽古は続いた。

やっと終わり、帰途についた。体中が痛くてかなわない。歩くのもやっとだ。

「なかなか、やるじゃない。あの辺見についてゆけるなんて滅多にいないわよ」

「辺見とは知り合いだったのか」

「えっ、ちょっとね。あっ、それから、これ今日のご褒美。この前、川縁で食べたパンのおつりでもらったお金でつくったペンダント。はい、どうぞ」

五円玉でつくったペンダントを首にかけてくれた。

「私も記念につくったの」

と、五十円玉でつくったペンダントを首にかけている。

古風なイメージが強かったが、意外とおしゃれなんだな。

「伝次郎、そのペンダントを見たら、私だと思って」

「ああ、大事にするよ。でも何か、いなくなってしまうような物言いだな」

「そんなことないわ」

このまま、敬子と一緒の生活が続くのだろうか。続いてほしい。

ふと、胸が熱くなった。と、同時に不安がよぎり、なにやら寂しさが襲ってきた。


―― 三 ――

それから週末のたびに、辺見との神社での稽古が続いた。

週末以外は自宅だ。何としてでも、一目置かせてやる。

自顕流に対する異常なまでの取り組みが始まった。


ある日の夕食後、くつろいでいると敬子が居間に飾ってある額を眺めている。

興味があるのだろうか。

「その額がどうかした」

「これは昔からここにあるの。誰が書いたものかわかるの。えらい達筆だけど」

「いや、よく知らない」

親父が二人の間に入り、答えた。

「これは明治の頃に書かれたものらしいが、誰の書なのか定かではないんです。先祖が意図的に隠しているとも思える節があるんです」

「なぜ、隠す必要があるんでしょうか」

「私も郷土史の研究をしているので、いろいろ調べてみました。すると郷土のある偉人の書体に似ていると思われるところまできましたが、確信はもてません。また、なぜ、その方が我々の先祖に一筆くださることがあったのかも」

「お父様は大体、察しがついておられるのですね」

「いやいや、ただ、この伝次郎の名はご先祖様が隔代で名乗れと遺言されたとか。うちは桜島の大正の大噴火でここに移りましたが、祖父は命がけでこの額だけは守るといって持ってきたそうです」

「近いうちにわかるかもしれない」

敬子が意味ありげに小声でつぶやいた。

額には〝命名　伝次郎〟と書かれている。


――　三　――

いったい、誰の揮毫《きごう》だろう。

伝次郎は今まで、これほど真剣に熱心に稽古をしたことがあっただろうか。辺見という父親以上の自顕流の遣い手がいきなり身近に現れたことにより本能を燻られたのだろう。見る見る間に上達していった。

その成長ぶりは、まわりの者も目を見張るものがあった。この短期間で辺見までは及ばずとも、確実に父親を超えている。

敬子と辺見が伝次郎の稽古を眺めつつ、目を合わせた。

「そろそろ、よい頃かな」

うなずきつつ、敬子が微笑み、神社の中庭にいる黒いマントの二人に目配せした。

すると二人は、何か呪文のようなものを唱え始めた。何を言っているのか、全くわからない。
俄に空がかき曇り、遠くより雷鳴が轟き始め、こちらへ近づいてきた。
あっと思った途端、閃光が走り神社に落雷した。伝次郎は気を失った。

—— 三 ——

四

目が覚めた。辺見が、のぞき込んでいる。

「おう、気が付いたか。大丈夫か」

「あ、ああ、何ともない」

起きあがり、まわりを見渡すと、そこは一面焼け野原である。

だが、大勢の人々であふれている。しかも、皆、若い。ほとんどが、十代・二十代の若者たちである。

彼方に天守閣のない城壁だけの焼け落ちた城が見えている。暫し、呆然と眺めるしかなかった。

ここは、どこだろう。何の映画の撮影だろう。壮大な現場だ。エキストラの

―― 四 ――

数もすごい。一万人以上はいるぞ。

姿、格好も昔の面影を醸しだし、とてもリアルだ。それに、何よりも無駄話をせず、皆、黙々と作業を続けている。おそらく、戦争映画だろう。

銃を持つ者、刀を差している者、向こうには大砲が備えてある。

戦国時代にしては、ちょんまげ頭の役者がいない。

幕末映画だろうか。ところで、監督とかスタッフはどこだろう。カメラも見当たらない。

「ここのエキストラの皆さん、無口で真面目だね」

「エキストラとは何だ」

「ほら、映画とかの脇役をする人たちのこと」

「映画ではないぞ、本物だ」

「えっ、じゃあ何、ここはどこ」

「熊本だ。もう戦に入っておる」

「戦って何の」

「大久保の政府に尋問の廉これ有りということで東上するところだ」

「大久保の政府って、あの大久保利通さんのこと」

「そうだ」

「だったら、ここは明治時代で西南戦争の熊本ということになるわけ」

「戦の名を西南戦争というのか。何と呼ぶのか知らぬが、今は明治十年だ。鹿児島私学校の生徒らが、西郷先生を大将に仰ぎ、政府に戦を挑んでいる」


信じられない。そんな夢みたいなことがあるものか。何かの間違いだ。早く夢よ、覚めてくれ。

「夢じゃないわ」

そこへ敬子《すみこ》が語りかけてきた。

「正直に話すわ。驚くだろうけど、聞いてほしい」

「ああ」

「私と辺見は明治の人間。それが時を超えて伝次郎に会いに行った。理由は時空世界に歪みが生じ出したからなの。すごいエネルギーの爆発が何回もあったから。この明治の歴史に影響が出るかもしれない。夢の中か、幻想かわからないけど、時空世界の神が私に命を下した。それで辺見と二人で伝次郎の世界まで」

そういえば、俺も何度も夢を見た。あの夢に出てきたのは、敬子だったのだろうか。

「だけど、どうやって時を超えられる」

「あの黒マントを羽織った二人が案内人みたい」

「でも、なぜ俺のところに」

「この戦は西郷を大将に頂いて始まった。大将は、この戦を最後まで見届けないといけない。ところが、時空世界に歪みが生じ、川路の送り込んだ刺客が

── 四 ──

早々に西郷の命を狙っている。もし、殺されたら歴史が大きく変わる。きちんと警護しないといけない。だけど、腕の立つ剣客がいない。そこで伝次郎を呼んだというわけ」

「でも、私学校にも自顕流の遣い手は、いっぱいいるだろう」

「辺見や伝次郎ほどの遣い手は滅多にいない。いくらかはいるが、すべて薩軍の指揮官になっていて護衛にまわせないのよ」

「信じられない、本当に明治なんだ」

まわりを見渡すと確かに伝次郎の時代とは明らかに違う。

光景もそうだが、人々の様子・雰囲気が、まるで違う。戦になったということもあろうが、一人一人の覇気が恐ろしいほど伝わってくる。俺の時代には絶対いない人たちだ。

西南戦争が武士の最後の戦いだったというが、まさに今、ここにいる人たちがラストサムライなのだ。

―― 四 ――

「なぜ、戦になったんだろう。不平士族の反乱だと歴史で習った」

「確かに皆、不平不満は持っているわ。でも、ただ単に士族の特権を奪われたからだけではない。五箇条の誓文には広く会議を興し、万機公論に決すべしとある。だけど、未だに憲法も定めず有司専制を行っている政府を許せないのよ」

　辺見も付け加えた。

「西郷先生は国事に一難あるときのためにと私学校徒を育てておいたのに、その西郷先生、半次郎さぁ、篠原さぁを暗殺しようとした。それに加え、薩摩の弾薬庫から夜中に勝手に運び出そうとしたことに生徒らが怒り、暴発してしまった。まんまと、大久保・川路の挑発に乗せられてしもうた。悔しいが、もうどうにもならん」

「でも、こんな大きな戦になるなんて」

「戦を避けることも考えた。弾薬庫を襲った者を政府に差し出すこともな。だがな、大久保・川路がそれだけで済ますものか。責任者を出せ、処罰すると言ってくるのは目に見えちょる。あの佐賀の江藤さんを、さらし首にし、その写真を身内の者にまで届けさせた大久保だぞ」

「そこまでするとは」

「大久保は冷血な男だ。だが、西郷先生は、それでも日本を大久保に託しておられる」

「でも、この前、西郷が言っていたわ。今の政府の役人どもは、大きな屋敷に住み、妾を囲い、財閥と組み、私腹を肥やしている。戊辰の戦いで多くの者が死んだ。本当に徳川を倒して良かったのだろうか、申し訳ないと涙してたわ」

歴史とは、様々な面・線・点が絡み合い動いていく。

この西南戦争も、士族の不平による日本最後の内乱という形容で済まされる単純なものではないのかもしれない。

「この戦で、俺は何をしたらいいんですか」

「とりあえず、辺見といっしょに西郷の護衛にあたって。すでに川路の放った刺客が近づいているわ」

「じゃあ、早速参ろう。伝次郎よ、信じられんかもしれんが夢ではないからな。それでいいか」

　この数奇な出来事から逃れることは無理だろう。ならば、やるしかない。

「乗りかかった船です。俺も薩摩男子、なるようになれ、泣こよか、ひっ飛べです」

―― 四 ――

　思えば学校からの帰り、川縁を敬子と歩いた。あのとき、夕焼けに向かって何度も自分の人生を問い直した。そして、出した結論が、命をかけて好きな女性を守る。敬子を守るだった。

図らずも、時空を超えて、このようなことに遭遇した。運命ともいうべきか。

逆に、この前の自分の気持ちからいったら本望ではないか。歴史の一ページに敬子とともに関われる自分がいる。

この出会いに堂々と立ち向かえる自分は幸せなのかもしれない。たとえ、死が待っていようとも。

一度、腹を決めたら爽やかな気分になってきた。

伝次郎の気持ちを察したのか、辺見が言った。

「よかよか、それでよか。いっしょに行っど。ああ、それから一言付け加えておくが、お前の時代では高校生をしておったが、俺の歳は実は二十八じゃ」

―― 四 ――

「辺見が二十八歳。確かに十代には見えなかった。あっ、辺見〝さん〟ですね」

「急に〝さん〟付けせんでよか」

「じゃあ、敬子は何歳」

「おなごに歳を聞くな、女子高生じゃ」

久々に三人で笑った。

いや、初めてかもしれない。

五

薩軍本営より離れた農家に西郷はいた。

護衛は目立たぬよう、十名ほどだ。鹿児島を出立した際は三百名ほどだったが、今はかなり減らして少数精鋭で対処している。

三人が着いた。

西郷に引き合わせてもらった。

辺見が、

「西郷先生、新しい二才《にせ》（若者）を連れて来もした。今日から護衛に加わります」

── 五 ──

「あっ、そうな。難儀をかけもすが、頼みます」

それは、実に穏やかな口調であった。目はギョロリとして黒々としている。

その瞳は清浄としており、吸い込まれそうな奥深さを秘めている。

傍らに、背が高く胸板が厚い侍が立っている。

西郷と雰囲気は全然違うが、笑みを湛えた、その表情には人懐こさを感じとれる。

その侍が、

「おう、名前は何と申す」

「あっ、はい伝次郎といいます」

「なんだ、俺と一文字違いか。わしは、中村半次郎という。西郷さぁを頼むぞ」

「わ、わかりました」

「そげん、緊張せんでもよか。とって喰ったりはせん。それより十郎太、川路の刺客が我らの背後より襲う手筈をしていると、先程、斥候から知らせがあった。気を付けてくれい」

「わかりました。背後から刺客で暗殺しようとは川路らしい。自分の出世の恩人にそこまでしますかね」

「大久保と川路に道義を説いても通用せん。だが、我らは何も言わず、行動せず、悪政に屈することはせん。たとえ全滅しようとも。このことは後の歴史がどこかで証明してくれよう。では、わしは本営に戻る。後は頼んだぞ」


ああ、今、ここにいる侍が幕末・維新で西郷さぁの懐刀として活躍された中村半次郎さんか。

〝人斬り半次郎〟の異名を持つ謎の多い、並ぶ者のない自顕流の遣い手だと習った。自分の目の前にいる半次郎さぁは、実にまっすぐで聞きしに勝る豪快な方だ。

「そいじゃ、伝次郎は西郷さぁのそばにいてくれ」

半次郎さぁは、そう言い、目配せし、辺見さんと敬子《すみこ》を別室に移した。

── 五 ──

半次郎が問うた。

「なぜ、篤姫様がこんなところに」

「江戸城の開城同様、ここも見届けようと思っている」

「危険すぎます」

「承知の上だ」

「うーん、篤姫様は歴史の転換期にはいつもいらっしゃいますな」

「そういう運命なのだろうな。神がそう命じておるようだ」

「あれから、もう十年になりますなあ」

「ああ、そうなるな。早いものだ」

「今回は賊徒になっておりもす」

「そうなってしまったな」

「すんもはん（すみません）。このたび、まんまと大久保と川路の策謀にやられもした。もう、後戻りはできもはん。最後まで私学校の生徒らとともに自分の責務を果たすつもりでおりもす」

「吉之助も半次郎も生き方は何ら変わっておらんな」

「はい、そう言ってもらえればありがたいです。それでは他の者には秘密にしておきます。安全を期するためには、西郷さぁの近くが一番よかでしょう。ただ、刺客が襲ってくるやもしれもはんが。ところで、あの伝次郎という若者、どういう御仁で」

「聞くな」

「わかり申した。我が名と一字違いで他人のような気がしもはん。十郎太よ、きちんと守ってくれい」

篤姫と辺見は驚いたようで顔を見合わせた。

「わかり申した。篤姫様同様、お守りいたします」

辺見は半次郎から直々に頼まれ、気分が高揚しているようだ。

「ところで、篤姫様、その格好では少々動きづらいでしょうから、少し手を加えましょう」

確かに女子高生の服装では戦場では大変だろう。だが、意外と手を加えただけで立派になった。スカートを袴にするため二つに裂き、それぞれを縫い合わせ、臑には脚絆を巻き、額には島津の鉢巻きをする。靴はそのまま。他の者の草鞋よりずっと強くて動きやすい。

腰には白の兵児帯を巻き、辺見と同じ朱鞘の日本刀を差す。左腕には白布を巻く。長い髪は一つに束ね結ぶ。誰が見ても私学校の少年兵だ。

伝次郎は、西郷さぁの部屋にいた。

戦の真っ最中の大将であるはずだが、何も語らず、ただただ読書にふけっている。語りかけようもない。だが、この部屋は別世界のようで、静かで落ち着いている。夜明けの森の湖にいるようだ。その朝日の照らす光で本を読んでいるかのようである。

伝次郎や他の護衛も血走った殺気など、かけらもない。もし、この中へ殺気立った者が近づいたらすぐに気付くだろう。

そこへ辺見と敬子が帰ってきた。

「わっ、敬子、どうした。その格好は」

「どうだ、似合うか」

「格好良すぎるぞ。錦絵のようだ。俺も何とかしたい。辺見さん、お願いします」

「ああ、いいだろう。歳を言ったら急に〝さん〟付けになったな。先輩を敬うことをわかっちょるとみた」

喜んでいる。

いや、先輩も何も……歴史に出てくる大先輩だと思うんだけど。

伝次郎も辺見から借り受け、他の私学校徒のように鉢巻きをし、身を整えた。

「なかなか、似合うじゃない。とりあえず、見た目は薩摩隼人ね」

「うるさい、ちゃんと中身もなってみせる」

一同が、和やかな雰囲気に包まれた。

―― 五 ――

そのとき、ひとりの青年が入ってきた。すると、辺見を含め、私学校徒らの表情が一変し、険しくなった。

「久しぶりじゃ、少しいいか」

「何の用じゃ、貴島」

辺見が殺気立った。

貴島という人なのか。他の私学校徒とは少し違う雰囲気を醸し出している。

「今日は西郷先生に願い事があってやって来た。会わせてもらえないか」

「まずは俺に話してからにしてもらえんか。内容もわからんのに大将に会わすわけにはいかん」

「ああ、それもそうだな。単刀直入に言う。この俺も戦に加えてはもらえんだろうか」

「本当か、なぜだ。お前は私学校の趣旨は納得できないと言うて、避けておったではないか」

「ああ、確かにそうだ。国家とは別に独自に突き進むやり方には賛同できんところがあった」

「それなのに、どうしてだ。ましてや、今や賊軍として扱われておるのに」

「ああ、私学校とは距離をおいておったが、だからといって、大久保の政治を良しとは思っておらん。今回のやり方を見て、つくづく思った。民のための為政者とは、とても思えん」

「だからと言って、貴島、お前……」

「俺は義のために生きたい。目前に友らが戦っておるのに見過ごせない。俺の生き様を全うしたいのだ。たとえ、賊徒として斃れてしまおうが」

「貴島、お前は本当に馬鹿だ。お前ほどの器量のある人間なら、静観しちょれば政府に重用されるものを」

「俺は、明治六年の政変で東京に残った者どもとは違う。目前の権力や金のために悪に目をつぶったり、加担したりはせん」

「わかった、わかった。そいなら一緒に戦って死のう」

「おうよ」

二人は肩をたたき合い、意思を通じたようだ。

「では、伝次郎よ、貴島を西郷さぁの部屋へ案内してやってくれ」

「は、はい」

でも、いいのだろうか。いくら、旧知の仲とはいえ、こうも簡単に信用してしまって。見ればかなりの遣い手のようだ。もし、何かあったら、俺ひとりだ。大丈夫だろうか。

つまり、辺見さんは信用したという証明がわりに、あえて俺ひとりに任せたのではないだろうか。それにしても、ちょっと無謀ではないか。

だが、逆にこういうところが薩摩隼人の信条の魅力かもしれない。

敬子が近くでつぶやいた。

「そうかもしれぬ」

また、俺の心情を察している。


―― 五 ――


「西郷先生、入ります」

「はい、はい」

貴島さんを案内し、入室した。

「西郷先生、お久しゅうございます。貴島です。この度の戦、参加させていただくことになりました。よろしくお願いいたします」

「ふーん、そいでよかとな」

「はい、悔いはありません」

「うん、そいならよか。だが、命は大事にしてな」

「はい、ありがとうございます。では、失礼いたします」

二人が退席しようとしたとき、西郷が呼び止めた。

「貴島どん。半次郎を含め、誰もおはんのことを疑っちょる者はおらんよ」

「あっ、はい」

その一言を聞いた途端、貴島さんの目から大粒の涙が溢れ出した。

二人は部屋を後にした。


「君、名前は」

「はい、伝次郎といいます」

「伝次郎？　中村さぁと一字違いか。何か縁があるの」

「いえ、ないと思いますが」

「ふーん、そうか。だけど何となく半次郎さぁの若い頃の面影を感じさせるなあ。伝次郎くんも自顕流をやるのかい」

「はい、少々」

「近いうちに、ともに剣を振るう時が来るはずだ。腕を磨いておきたまえ」

「わかりました」

実に穏やかで冷静な人だ。

つい先程、西郷さぁの一言で一瞬にして涙した人とは思えない。


「それでは辺見、俺は半次郎さぁのいる本陣へ行く。田原坂の戦いになると思うが、また、そこで会おう」

「ああ、気を付けてな」

貴島は本陣へ向かって歩き出した。

「あの貴島はな、この鹿児島では秀才の誉れの高い逸材なのじゃ。それに加え、剣術も俺に勝るとも劣らん。もったいなか」

「死ぬつもりなのでしょうか」


— 五 —

「だろうな。あの貴島と野村というのがおるのだが、西郷さぁは、この二人は何とか生かしておきたいと考えておられるのじゃ。野村という男も切れ者じゃ」

「野村さんも、この戦に参加しておられるのですね」

「ああ、そうだ。この戦、当初は野村の案で進めるつもりじゃった。だが、途中で半次郎さぁらが熊本案で押し切った。なぜかわからん。野村の案で行けば勝機が見えたのだが」

「辺見さんも理由がわからないのですか」

「ああ、俺にはどうも、この戦、半次郎さぁも篠原さぁも勝つ気はないように思えるときがある。西郷さぁも、この前は熊本より以北には行くなとか意味のわからんことをおっしゃった」

「東京まで行く気はないと」

「よくわからん。とにかく俺は自分のできることを精一杯やるだけじゃ」

「田原坂が、勝敗の分かれ目」

「おそらくな。私学校の精鋭もそこに集めておる」

―― 五 ――

貴島は本陣へ向かっていた。だが、途中でピタリと歩を止めた。眼が鋭く光ったかと思うと、暫し、眼を閉じ、気を研ぎ澄ました後、急に向きを変え、また元の西郷の隠れ家へと帰って来た。

「もう、ひと仕事してから本陣へ行くとしよう」

それを聞き、辺見の眼光も鋭く光り、まわりに気を置き、

「三十前後ちゅうところか」

「ああ、それくらいだ」

二人の会話の意味がわからない。だが、そのとき、一瞬ではあるが、殺気が

走った。刺客が近くまで来ている。

「とにかく、中に入ろう」

辺見さんが皆を誘った。貴島が辺見に問うた。

「なぜ、ここにあれだけの刺客が来る。まさか、西郷先生を狙っているのか。誰だ」

「川路の放った刺客だ。西郷先生を亡き者にすれば、この戦、それで終わりだ」

「密偵の件、弾薬庫の件といい、とことん汚い手を使うものよな。黒田も大久保に依頼されて、今、薩軍の背後に迫ってきている」

「目的のためには手段は選ばん。そういう輩どもだ」

「では、どうする」

「おそらく、この三十は先陣に過ぎんじゃろ。我々がいるとなれば、百を超える数で、夜、襲ってくるはず。その前に、こちらから先手を打ち、西郷さぁを別の場所へ移す。こちらは十五しかおらん。早めに動くとするか」

辺見と貴島が全員を集めた。

「伝次郎は西郷さぁを護れ。頼んだぞ」

「わかりました」

「よし、他の者は皆、行っど」

── 五 ──

辺見・貴島・私学校徒らは、それぞれに打って出た。外へ出た一同は殺気を消し、するすると刺客の一団へ近づいて行った。

辺見・貴島は、まさしく獲物を狙う虎や豹の如くであった。見張りの者が四、五人いたが、かまわず斬りかかった。不意をつかれた見張りは、為す術もなく斃れていった。

後に続いた私学校徒らが、刺客の一団へ雪崩れ込むように突入していった。

相手も異様な雰囲気に感付き、抜刀し斬り合いとなった。この斬り合いの中でも辺見と貴島は群を抜いた戦い方だった。次から次へと立ち廻りの如く斬っていった。

そして、二人の気合いは頂点に達し、「キェーイ」という猿叫に変わっていった。


あっという間の出来事だった。

私学校徒も斬り返され、傷を負った者もいたが、命を奪われた者はいなかった。

「やったどー」

全員始末したはずだった。が、しかし、いち早く乱闘から逃れ、西郷のいる屋敷へ向かった刺客の一団があった。

「今、屋敷は護衛が手薄だ。乗り込むぞ」

四人の刺客だった。その四人の後ろ姿に気付いたのが、貴島だった。

「いかん先生が狙われる。すぐ戻るぞ」

辺見と貴島は刺客の後を追った。

五

伝次郎は敬子と西郷さぁの部屋にいた。

西郷さぁは相変わらず無言のまま、読書をされている。

外が慌ただしい。

「キェーイ」

自顕流《じげんりゅう》の猿叫の気合いが聞こえてきた。

敬子が少し怯えているようだ。

西郷さぁは、何ら臆する様子ではない。だが、一瞬、眉がピクリと動いた。

伝次郎は、さっと部屋の端に隠れた。するとヒタヒタとわずかではあるが、殺気を帯びた足音が近づいてきた。三、四人はいるのか。

伝次郎は眼を閉じ、殺気を消し、無心で刺客を待った。

次の瞬間、

「その首、もろたー」

刺客が上段の構えから、西郷に斬りかかった。

まさしく西郷の頭に刀が斬り下ろされようとした、直前、伝次郎は〝抜き〟で、その刀をはじいた。キイイーン、火花が飛んだ。

刺客が後ろへのけ反り、刀が宙に舞い、天井に突き刺さった。

そのまま、今度は蜻蛉の構えから袈裟に斬った。刺客は即死だった。

「伝次郎、後ろ」

敬子が叫んだ。まさに背後より上段から斬り下ろしてくるところだった。

伝次郎は地を這う低さから〝抜き〟で斬り上げた。打ち下ろされた刀ごと股間から腹・胸まで斬り裂いた。

その刺客の後ろに、もう一人の刺客がいた。

〝抜き〟で斬られた刺客の体ごと突きで伝次郎を刺そうと突き刺した。

伝次郎の〝抜き〟は、人のすねの高さもない、地を這う低さのため、突いた刀は頭の上を通過した。

伝次郎はすかさず、右へ飛び移り、刺客の左肩から袈裟に斬った。

部屋の入り口付近で「うぐっ」と唸り声がした。

四人目の刺客だった。辺見の剣で始末されていた。

―― 五 ――

貴島他私学校徒らも帰ってきた。

皆、おびただしいほどの返り血を浴びていた。だが、傷を負った者が半数ほどいたが、皆、生還したようだ。さすが、私学校の中でも選りすぐられた者たちだ。

「この三人は伝次郎が斬ったのか」

「ええ」

「見事だ。三太刀で三人をな。この狭い部屋の中で立ち回れるとは。恐ろしい剣遣いじゃ」

辺見さんと貴島さんが目を合わせ、感心している。

「西郷先生、ご承知のとおり、刺客が間近に迫っております。場所を移ることにしました。お支度をお願いいたします」

「あ、そうですか」

静かに本を閉じ、身支度を始めた。

神色自若として、この惨劇が、まるで何もなかったかのようである。このお方は、いったいどういう心境の持ち主なのだろうか。

部屋の隅には呆然と目を丸くして立ちすくんでいる敬子がいた。

伝次郎が肩を抱き寄せた。

「行こうか」

── 五 ──

「ええ」

「さっきはありがとう。敬子が叫んでくれなかったら俺は斬られていた」

「ううん、無事でよかった」

刺客の亡骸を埋葬し、皆、新しい匿《かくま》い所へ向かった。

先頭を辺見と貴島が歩いている。

「辺見、あの少年は何者だ。自顕流の腕といい、度胸の良さといい。初めて見る顔だ。私学校徒でもないようだし」

「ああ、大隅の出の者だ。だから、あまり知られちょらんと思う」

「誰の親戚筋になるのだ。ただ者ではないようだが。それに俺は、どうしても半次郎さぁと重なる思いが湧いてくる。なぜなのか」

「俺もあまり詳しくはない。気にせんでよか。ただ、自顕流は俺が仕込んだ」

「そうか、それでか」

次の匿い所は薩軍本営の近くにした。ここまでは、刺客も寄りつけないだろう。

その頃、海軍の政府艦隊は鹿児島湾と、それに面した陸地をわずかにおさえているだけだった。他の方面、宮崎・大分には上陸していなかった。

山県は薩軍の白刃襲撃に悩まされ、これの撃退に巨大な精力を使っていた。政府軍も薩軍に夜襲をかけてみたが、これはことごとく失敗し、散々な目にあっていた。

西郷その人を直に撃つという戦法を長州人の山県ですら遠慮していた。当然、政府の薩摩人も好まなかった。海軍の川村も、もだえるような思いであった。そこへ、大久保から命を受けた川路と黒田がやってきた。

黒田は軍隊として戦うが、川路はあくまで警察隊としてだ。

二人は山県と面会した。

「川路です。大久保卿より賊徒の鎮圧を拝命し、着任しました。よろしくお願いいたします」

「黒田です。よろしく」

「今、熊本方面で薩軍と死闘を繰り広げています。頼みますぞ」

「わかりました。早速ですが、薩軍の背後にまわり、鹿児島と分断し、糧道を断ちましょう。それが鎮圧の近道です」

「古来、薩摩武士は、前へは猪突猛進の如く進み、無敵であるが、逆に背後には油断が生じる。川路君は薩人だからよくわかっているようですね」

「ええ、この私学校徒の賊徒もまさしく、その通りであります」

山県は苦々しい思いであった。

川路の出世の恩人であり、御一新の第一功労の西郷をまんまと、陥れ、賊徒に仕立て上げ、今、背後から攻めてしまえと自慢げに語るこの男に嫌悪感を抱いていた。

「黒田君と一緒にやってくれたまえ。熊本に大山君が待っている」

そして、数日のうちに薩軍は糧道を断たれ、弾薬もさることながら、食糧にも窮するのである。

川路の薩軍を討つ意気込みは並々ならぬものがあった。

それに対し、大山と黒田は西郷への愛惜の情のため、配慮のある奇妙な感覚を持ちながら行動を繰り返していた。


西郷と伝次郎・敬子は三人で散歩に出た。何の予告もなく、急に外出するのが西郷なのである。気を付けないと、ひとりでも堂々と出てしまう。

ある日、連れ添って外出していると、ある農家の柿の実を、もぎ取っている薩兵がいた。

柿を懐に詰め終わったとき、我々と出会った。

するとと西郷は、

「その柿、金を払いましたか」

と問いつめた。

「兵たちが飢えているため、やむなく盗りました」

と答えると、

「たとえ餓死するとも他人の物は盗るべきではありませんよ」

と言い聞かせ、西郷自身が農家に代金を払った。

この戦の最中でも、西郷の食事は一日に数個の握り飯と梅干しだけであった。

茶などは飲まず、白湯だけであった。

薩軍の中には病院がある。ある日、西郷と訪れた。軍医は英医ウィリアム・

ウィリスの弟子たちだそうだ。

先日、抜刀して歩いていた政府軍二人を捕虜にした。ここの軍医は、元来薩摩士族の出である。戦場の殺気の中にいたため、この軍医は捕虜の首を刎ねたらしい。

そのことを耳にした西郷は軍医を呼び、「病院は、人を助けるものだ」と説き、以後そういうことをするなと叱った。


伝次郎は現代に生きる自分と社会を振り返った。

人々は、今の世は平和だという。

だが、どうだろう。毎日のように殺人や強盗、犯罪の報のない日はない。

昔の薩摩は、警察のいらない国と呼ばれた時代があったそうだ。それぞれ一人一人が、人としての節度と秩序をわきまえていたのであろう。

もし、乱す者があれば、まわりの者が諭していた。

昨今、日本人の精神文化が問われることがある。今一度、自分たちの歴史と文化を散策する機会をもつべきであろうと痛感した。

なぜなら、この戦の殺伐とした中においても、きちんと道理をわきまえているこのラストサムライの姿を目の当たりにしたからである。

―― 五 ――

六

季節はそろそろ春を迎えようとしていた。

だが、連日のように雨が降っている。戦況も、ますます激しくなってきた。

そこへ辺見と貴島が訪れた。

「伝次郎、川路が今、水俣にいるらしい。斥候から知らせがあった。どうだ、一緒に斬りに行かんか」

「本当ですか。でも、この敵の大軍の中をどうやって」

「何のことはない。相手はクソ鎮かポリスじゃ。貴島と三人で夜襲をかければ、すぐに片は付く」

伝次郎は、あまり夜襲とかは賛同したくなかったが、川路がどんな男なのか見てみたいと思った。

「やりましょう」

「よし、決まった。あの川路は西郷さぁに、あれほど世話になっておきながら、目先の権力に浸かり、大久保の手先として策謀の限りを尽くしておる。まさしく亡恩の徒じゃ。制裁を加えちゃる」

―― 六 ――

その夜、三人は川路の陣所を襲った。熊本の最前線より、はるか後方にあるため、護衛も手薄で鎮台兵やポリスなど相手ではなかった。容易にたどり着いた。

中には、川路と部下が二人いた。

辺見が突入し、ひとりを斬った。すかさず、もうひとりを貴島が斬った。

逃げようとする川路に、辺見が飛びかかり、

「キェーイ」

猿叫とともに斬りかかった。

そのとき、黒い影があらわれ制止した。敬子《すみこ》だった。

「待って、ここで川路を斬ったら歴史が狂うかもしれない。我慢して」

「ちっ」

辺見が舌打ちをした。

「斬れ、斬れ、俺も薩摩武士じゃ」

川路が叫んだ。

「ふん、確かによく考えたら、お前や大久保を斬っても刀が汚れるだけじゃ。

川路、お前はここで死んだとじゃ。貴島、伝次郎、行こう」

川路は、それから後、夢のたびに私学校徒の猿叫に襲われるのであった。


四人は川路の陣所から薩軍本陣へ帰った。そこには、半次郎さぁもいた。

四人に駆け寄り、

「先日、刺客が襲ってきたらしいな。伝次郎よ、西郷さぁを守った働き、聞いたぞ。でかした。辺見も貴島もご苦労だったな」

半次郎は伝次郎の活躍を聞いて我が事のように喜んでいた。

だが、いつもの引き締まった表情に戻ると、

「辺見、貴島、伝次郎よ、田原坂へ行ってくれんか。熊本城攻めで時間を費やしている間に、田原坂が突破されようとしている。大砲を運ぶには政府軍はどうしても、あの坂を通るしかない。向こうは全力で戦ってくる。西郷さぁの護衛は他の者に任す。向こうの加勢をしてくれい」

―― 六 ――

加藤清正の築いた城はなかなか堅固で落ちない。

それもそのはず、豊臣秀頼をここで匿い、徳川との一戦を案じていたのだから仕方がないだろう。

二百五十年以上経て、このような形で戦が行われようとは、清正も夢にも思わなかったであろう。

また、田原坂も徳川との一戦に備えるため、知恵を絞って造られた要害なのだ。我々薩軍は、熊本城の加藤清正と田原坂を奪取し、南下しようとする徳川家康と同時に戦っているようなものなのだ。

形は変わっても時代の最高権力者同士の天下分け目の戦いであることは共通しているといえよう。


辺見が半次郎に問うた。

「田原坂が、この戦の分かれ目になるのですか」

「ああ、この戦の雌雄を決することになるやもしれん。俺も行きたいが篠原さぁが死んだ今、ここに残らねばならん」

「政府軍も必死でくるでしょうね」

「狭く、短い坂での激戦になる」

「死ぬかもしれんですね」

「ああ、お前たちの命、俺にくれい」

「もちろん、そのつもりです」

小雨の降る中、四人は自分らの陣所へ帰った。

── 六 ──

敬子が、伝次郎に語りかける。

「私学校の若い人たちは、ほとんど田原坂へ行っている。私も行くわ」

「死ぬかもしれないぞ」

「覚悟している。そのときはそのときよ」

「強いなあ、怖くはないの」

「怖いわよ。でも雌雄を決する場にいられるのなら本望だわ」

「でも、死んだら時空の修復は誰がやるんだ。また、歪みが生じてどうしようもなくなるぞ」

「そんなこと、私にはわからないわ。ただ、この戦も何かの大きな流れには逆らえない。見届けてやるだけよ」

「よし、わかった。ただ、俺からは絶対離れるなよ」

「私も刺客から守ってくれるの」

「守りきれるかどうかは、わからん」

敬子は、えらく喜んでいた。

七

夜中に四人は田原坂に着いた。

数え切れない堡塁が築いてある。その間に敵と味方の無数の死体が転がっている。いくら、埋葬しても追い付かないのだ。この世の光景とは思えない。

若い少年の死体を、手と足を棒に巻き付け、それを二人で担いで運んでいる。まるで、イノシシ狩りをして捕らえた獲物を運んでいるようだ。


夜は静かだ。

政府軍は、薩軍の夜襲に散々悩まされた。気がふれた者は数え切れない。

あの自顕流の猿叫が耳から離れず、おかしくなってしまうのだ。

政府軍も逆に何度か、夜襲を試みた。だが、結果は簡単に追い返され、多数の犠牲者を出しただけだった。夜中に人間が虎を襲いに行くようなことだったのだ。

辺見は自分の隊を率いて堡塁へ行った。

伝次郎、敬子《すみこ》、貴島は同じ堡塁にいた。中には私学校徒であろうと思われる十代の兵士らがいた。

敬子が、持ってきた握り飯を出すと、皆、喜んで飛びついてきた。

「ありがとうございます。久しぶりの飯じゃ、元気が出る」

少年兵が立ち上がり、大きな声で叫んだ。

「あーあ、鎮台兵はよかなあ。我々とは違《ちご》うて、よか飯をいっぱい食えるのじゃな」

敵は数メートル先くらいにいるはずだが、いい度胸をしているなあと感心していると、敵方から何か飛んできた。

拾ってみると、それは何と餅がいっぱい入った袋だった。

この少年兵はまた、立ち上がり、

「我が薩摩隼人は天下無敵だが、嫌なのは一に雨、二に大砲、三に赤帽である。明日も正々堂々、戦しもんそ」

この田原坂の戦いを通じた少年の鋭い感想である。

少年らは、餅をおいしそうに食べ始めた。

―― 七 ――

「一の雨」は、まさしく雨そのものである。

政府軍が用いた小銃はスナイドル銃（元込め）で、雨にもほとんど関係なく、一分間に六発ほど発射できた。

薩軍はというと火薬庫から奪ったエンフィールド銃（先込め）で、戊辰戦争で使われたものだ。発射速度は、一分間に一発で、しかも前装式で雨天では火薬が湿って使用できなかったのである。

また、「大砲」にも致命的な差があり、その数と有効射程距離には、倍以上の差があった。

「三の赤帽」とは、近衛兵のことで戊辰戦争以来の兵で白兵戦に強かった。民謡「田原坂」にもある「雨は降る降る人馬は濡れる」とあるように雨を恨んだのだ。

「越すに越されぬ田原坂」の歌詞は数百メートルを数万の大軍でも、なかなかすすめなかった政府軍の心情を語っている。

田原坂では、この少年兵らのように、十代の若者、特に私学校徒の大半を失った。

純粋無垢な姿勢は、この上なく胸が痛む。彼らのような汚れのない志を持った者が、学問を成し、世に出ていたらその後の日本は先の世界大戦のような、亡国へ突き進むような無謀な道は歩まなかったかもしれない。

その少年兵らを見て、伝次郎は問うた。

「貴島さんは私学校には行ってなかったのですか」

「ああ、いろいろ思うところあってな。だが、此度の戦は黙って見ているわけにはいかん」

「どうしてですか」

「ううん、よく説明できん。ただ、サムライの時代がどうのこうのというより、世の社会的正義を示したいとでも言うのか。理屈ではわからん。熱い血が躍っているのだ。少なくとも傍観はできん」


そういうものなのか。

命をかけることには理屈をいっぱい並べるより、熱い血と心が勝っているのだ。

白々と夜が明けだした。いよいよ、今日が田原坂最大の激戦になるかもしれ

―― 七 ――

ない。

政府軍は新たな援軍を迎えた。最後の数百メートル突破に全力を注ぐはずだ。薩軍も、ここを死守せねば、政府軍の物資や大砲の流通が可能になり、熊本城攻撃も断念せねばならない。

まさに雌雄を決する日となろう。

この坂をすでに十七昼夜、数万の大軍を前に私学校徒は守り抜いてきているのだ。

政府軍の大砲が轟いた。続いて小銃が発射されだした。

大砲の着弾により大地が揺れだした。

頭上を嵐の横雨のように銃弾が降り注がれてきた。連射音も聞こえだした。

ガトリング銃だろう。

この中を出て行ったりしたら、ひとたまりもない。

物量では圧倒的に優勢な政府兵は狙いも定めず、穴から銃口だけ出し、ただ下を向いたまま発射している。流れ弾でもいいから当たれば幸いの感じだ。

薩軍にはわずかな弾しかない。ほとんどの兵は斬り込む用意をしている。その数少ない小銃を持たされた者は、この銃弾の降りしきる中を、なんと堡塁から出て木の陰から立って政府兵の頭を狙い撃ちしているのだ。

わずかしかない距離は十分に射程内である。次々と政府兵は斃れていった。ヒュンヒュンと通過する流弾の音の中で、バチッバチッという音も混じっている。

なんと空中で弾と弾がぶつかり合う音だったのだ。かち合い弾という。二個の弾丸が一つになっている。

敬子の頭にも落ちてきた。いかに弾丸が嵐のように飛び交っているかが想像できるだろう。計り知れない数である。

── 七 ──

その圧倒的な大砲の砲弾と小銃の弾丸に背後から守られながら、これも圧倒的多数の政府兵が銃剣を向けて前進してきた。

薩軍はじっとこらえて待っていた。

白兵戦に臨むしかない。少年兵らは蜻蛉に構え、「キェーイ」と銃弾降りしきる中を政府軍の中へ斬り込んで行った。

バタッ、バタッと銃弾の的になり斃れていく。

その屍を越え、あるいは盾にしながら敵陣へ突入していく。次々と斬っていく。

たまらず、敵兵は背を向け逃げていく。

それを少年兵らは構わず追っていく。

敵の狙撃兵はなんと逃げて来る味方もろとも銃を発射し、少年兵を撃っている。

政府軍、薩軍かまわず撃ちまくっているのだ。

この田原坂の激戦中、政府軍は逃げて来る味方の兵も撃っていいとの命令を下していたのだ。そうしないと襲ってくる薩軍に皆がやられてしまうからだ。

少年兵らは、政府軍と共に撃たれ斃れていく。その屍を乗り越えながら攻めていくしかないのだ。

── 七 ──

このわずか数百メートルの狭い坂に累々と屍の山が築かれていく。まさにこの世の光景とは思えない有様である。

人類とはこのように残酷・残忍な所業ができるものなのか。

中には常軌を逸して武器も持たず、独り言を言いながら、ふらふらと歩いている者、膝を抱え、ガチガチと震えている者、さまざまだ。

砲弾の直撃を受け、肉片が飛び散ってくる。この世の地獄絵そのものである。

貴島は堡塁から出ていき、猛然と敵兵の中へ斬り込み戦っている。

伝次郎は堡塁の中にいて、敬子を守っていた。

何度か銃剣を持った敵兵が襲ってきたが、悉く斬り捨てた。

陽も傾きかけた頃、薩軍は敗色濃厚になってきた。兵数・弾薬量の圧倒的な違いにも拘わらず、最初は優勢に応戦していたのだが、如何せん、どうしようもなかった。薩軍は、補充がほとんどおぼつかないのだ。

伝次郎も敬子も、いつ、銃弾に倒れるかわからない状況になってきた。敵兵が目の前まで迫ってきている。

隣の堡塁が大砲の直撃を受けた。それに合わせて敵兵の集団が襲ってきた。伝次郎の堡塁にも雪崩れ込んできた。

刀の刃がこぼれ、斃れた少年兵の刀を取り、斬っていった。

「伝次郎」

敬子の声がした。

二人の敵兵に背後から銃剣で刺される寸前だった。

── 七 ──

その場で、弾みをつけ空へ飛び上がり、回転し空中からこの二人の首筋を斬った。二人とも〝どうっ〟と倒れた。

そして、また新たな三人の敵兵が現れた。刀がない。素手で戦うしかない。

相手は銃を持っている。

そのとき、キラリと閃光が走ったかと思うと三人は、一瞬にして倒れた。

刀を受けようとした銃も真っ二つに斬られていた。

貴島さんだった。

「ありがとうございます」

「いや、無事でよかった。そろそろ、この辺りも危険だ。場所を移ったほうがいい。彼女を守りながら行ってください」

この場にいても、冷静で真摯な態度は変わらない。

そのときだ。貴島が伝次郎の前に立ちはだかり、人の盾となった。

ダーン。一発の銃声が間近に響いた。

貴島は盾になるのと同時に狙撃兵に刀を投げた。

刀は狙撃兵の胸を貫いた。

「貴島さん」

伝次郎が叫んだ。

「どうやら、やられたようですね。伝次郎くん、私に構わず行ってください」

「貴島さん、すみません。俺を守ったばかりに、こんなことになって」

胸から血がドクドクと止めどもなく流れている。

「伝次郎くん、私は、いや私たちは義というものを追い求め立ち上がった。この血を無駄にせず、この戦が終わったら君らの時代は正義のまかり通る平和な世の中にしてくれ。頼んだぞ」

貴島の首が、ガクッと折れた。

「貴島さん」

伝次郎は、しばらくの間、銃声の音もなにも聞こえなかった。

── 七 ──

「伝次郎、行こう」

肩に手をおき、泣きながら敬子が言った。

そこへ、今度は青ざめた私学校徒が涙ながらに堡塁へ飛び込んできた。

確か、西郷さぁの護衛の者だ。

「伝次郎、たいへんだ。西郷先生が、どうしてもこの田原坂の戦いを見るといって、すぐ近くまで来ている。先生は死ぬおつもりだ」

「なんだと」

西郷さぁは私学校徒と共に、この田原坂で自分が斃れることにより、戦を終わらせようと考えているのだ。

「敬子、どうしよう」

「わかった。わたしが、辺見の部隊へ援軍を頼みに行って来る。それまで持ちこたえていて」

「この銃弾の雨の中をどうやって」

「馬で駆けていくわ」

「えっ、無茶だ」

「承知のうえよ。ここで西郷が亡き者になったりしたら歴史が狂うでしょ。何とかしないと」

そして、馬上の兵となった。

すると手に持っていた物を羽織った。それは、あの不思議なふたりが、いつも羽織っていたマントだった。

「行ってくるわ」

まっしぐらに駆けていった。

ああ、この中を馬で駆けて行くなんて、とても考えられない。

すると、目の錯覚だろうか、あの嵐のように飛び交う弾が敬子を避けているように見えた。

とにかく今は西郷さぁを、ここで死なせるわけにはいかない。その私学校徒と後方まで来ている西郷さぁのところへ行った。

護衛の者はわずかになっていた。

そこへ銃や刀を持った敵兵が次から次へと襲いかかっていた。

伝次郎は西郷さぁの左前に立ち、押し寄せる敵兵を抜きと袈裟に斬って凌いでいった。

「西郷先生、お下がりください。お願いします。これ以上は無理です」

「いやいや、二才《にせ》どんたちが、きばっちょるところを見ておかんといかんです。それにしても弾があたってくれんな。まるで、避けとるごとある」

先程の敬子同様、本当に弾が避けているようだ。

― 七 ―

わずかな護衛と伝次郎で凌いでいたが、新たな敵の部隊が現れた。警視庁の抜刀隊である。
いくらこちらが自顕流の達人たちでも数が違いすぎる。
抜刀隊が向かってきた。
「戊辰のかたき」と、叫んでいる者もいる。
ついに最期か。

そのときだ。
キェーイ、キェーイ、キェーイ。
数十の猿叫が木霊した。辺見の援軍であった。
敵・味方激しい斬り合いの乱闘になった。その中のひとりに、特に気を吐く者がいた。
他の者はバタバタと自顕流に斃されていったが、この者はなかなか手強い。

―― 七 ――

辺見が立ち合った。抜きで入ったが、この自顕流の間合いを知っていたのか、見事にかわした。

続けざまに蜻蛉・抜きを繰り返した。七太刀目にやっと、逆蜻蛉が右肩から左脇腹まで達した。

辺見が七太刀もかかった相手は後にも先にも、この者が初めてであった。

この強者は、事切れる間際につぶやいた。

「賊徒は持ちまわりのようだな」

見事な最期だった。

斃れた者は旧会津藩出身なのだろうか、仲間の名を上着の内側に刺繍していた。会津戦争で生き残り、ここに死地を求めにきたのだろうか。

暫くして決着がついた。

抜刀隊はことごとく斬られ倒れた。

辺見が、

「先生、ご無事でしたか。お怪我はありませんか」

「なかなか死なせてもらえんですな」

「はい、生きてもらわんと困りもす。もう、下がってください」

「はい、はい」

そう言うと、西郷さぁは悠然と弾の飛び交う中を後方へと下がっていった。

辺見が叫んだ。

「この田原坂は負けじゃ。熊本城もあきらめる。人吉くらいで立て直す」


そこへ馬に乗った敬子がやってきた。

「間に合ったようね」

「まったく無茶をする」

「でも、大丈夫だったでしょ」

―― 七 ――


「何かあったら、どうする。この修羅は半端じゃないのに」

「心配してくれたんだ」

「当たり前だろ」

するとケイ子が馬から降り、伝次郎に抱きついてきた。

「怖かったわ」

体が小刻みに震えている。強く抱き返した。

人の世とは思えぬ所業の惨劇の中、ふたりは生きていることの有り難みを痛感したのだった。

極限の最中、同じ感情・価値観を共有できたとき、それまで感じたことのない思いを相手に寄せることがある。

それは類いまれにしか、味わうことのできない感情である。

田原坂

一　雨は降る降る　人馬は濡れる
　越すに越されぬ　田原坂
二　右手《めて》に血刀　左手《ゆんで》に手綱
　馬上豊かな　美少年
三　山にしかばね　川に血流る
　肥薩の天地　秋さびし

この田原坂で私学校の精鋭の多くを失った。そのほとんどが、十代・二十代の少年・青年であった。

また、政府軍も薩軍以上の死傷者を出した。

この戦いは日本戦史上他に類を見ない大激戦であり、日本最後の内乱であった。

もしかして、馬上豊かな美少年とは、あのときの敬子の姿だったのかもしれない。

― 七 ―

八

田原坂の戦いが終わり、戦場は徐々に九州中央から東方へと移っていった。

政府軍本営に四人の男が集まった。山県、大山、黒田、川路である。

黒田が口火を切った。

「山県さん、この戦もおおかた先が見えました。私はここいらで、任を解いてもらえんでしょうか」

「それでどうするつもりですか」

「はい、また北海道に渡りたいと考えております」

川路が続いた。

「薩軍と鹿児島の糧道を断ちました。この上は鹿児島制圧に向かいたいと思います」

「何っ、鹿児島制圧に向かいたいと言うのか」

大山が怪訝な表情を浮かべ、語り出した。

「ところで、川路、お前この戦の発端となった密偵の件、弾薬庫の件、どちらも大久保さぁと一緒になってやったことだな。それと西郷さぁに幾度となく刺客も送っておるよな」

「それがどうかしましたか。すべては日本国のため、大久保卿の命に従ったまでです」

「汚い手を使いよる。その上、今度は故郷の鹿児島を占領しようというのか」

「この戦争を早急に終わらせるためです」

山県が二人の間に入った。

「私と大山のふたりにしてくれないか」

黒田と川路は退出した。

「大山君、黒田はかなり戦意を喪失しているようだが」

「ええ、これ以上、前線に向かわせるのは無理でしょう。西郷に弓を引くということには耐えられんみたいです。毎日、酒に浸っているようです。すぐにでも帰しましょう」

「ところで、川路はどうする」

「どうするもこうするもありません。鹿児島を制圧に行くなんて、とんでもありません。鹿児島は、大久保と川路憎しで、その肉を喰らってやろうという雰囲気で満ちています。今、川路が鹿児島入りなどしたら、子供から女・老人にいたるまで武器を持って向かってくるでしょう」

「せっかく、激戦を耐え抜き勝機が見えてきたのに、振り出しに戻ったらたまらんな」

「ええ、理由は違えども、あの二人は帰した方がいいでしょう」

「ああ、そうすることにしよう。大久保卿と岩倉様には私が伝えておく」

こうして、戦の途中ではあったが、黒田と川路は戦場を離脱することになった。川路は別として、黒田のような在京の薩摩人は苦汁を嘗めながらの戦だったのである。

―― 八 ――

田原坂で敗れ、背後を衝かれた薩軍は熊本城攻めもあきらめ、人吉あたりで立て直すこととした。

それまでは、それぞれの小隊ごとの判断での行動となった。

それまでの組織だった戦闘から、各地での単発な戦となってきた。

政府軍からすれば大局的には勝ち戦なのだが、野に放たれた数千の猛虎は脅威そのものだった。いつ何時、襲ってくるかわからない、どこにいるのかさえ、わからないのだ。

辺見を先頭に西郷さぁの護衛部隊は人吉に向かって山道を進んでいた。

伝次郎と敬子《すみこ》は西郷の駕籠の左右を守っている。側近の護衛は少ない。多いと目立つのだ。

逆に斥候は倍以上にして、情報を集めている。

大久保と川路の放った旧幕府のお庭番、会津の旧藩士らが戊辰の恨みとばかりに狙っているのだ。

そして暗殺や密偵が成功すれば、新政府で官吏の道が待っているのだ。

こういう感情を利用してまで、自分にかかる不利な存在を消していこうとする、この大久保のやり方は、終生変わらなかった。


斥候が辺見に報告に来た。

「特に異常はないか」

「はい、刺客らしき姿は、今のところ見あたりません。ですが、別のいいものを見つけてまいりました」

「何だ」

「その山の裏手に政府軍の屯所がございます。兵の数、およそ三百」

「ほう、それはよかもんを見つけたな。人吉への土産ができたな」

「ですね」

「よし、それでは二十人ほど集めて来い。夕刻に襲撃すっど」

「すぐ、そろえます」

八

辺見さんの左腕には田原坂以来、はち巻きが巻かれている。

あれは確か、貴島さんが巻いていたものだ。

何か、思うところがあるのだろう。

貴島さんと一緒に戦っているつもりなのだろうか。

辺見が伝次郎に近づいてきた。

「今夜は、よかもんが食えるぞ。楽しみにしちょれよ。お前は西郷さぁを頼む」

「わかりました。で、何をするんですか」

「まあ、見ちょれ」

ひと山越えると、確かに政府軍の屯所らしきものが見えてきた。

夕餉の支度をしているようで、いい匂いがしてくる。

西郷さぁは駕籠の中で読書をされている。

敬子と伝次郎は山の中腹から息をひそめ、この屯所でこれから何が始まるのか、緊張と興奮の錯綜する中で見守っていた。

田原坂の壮絶な戦いの雰囲気とはまったく違う。あの三百人近い政府軍に対し、どのように隙をついて戦うのだろう。十倍以上の相手である。

― 八 ―

暫くすると、何と堂々と正面から白旗を掲げ、両手を上げて入っていったのだ。辺見は白い旗を持ち、もうひとりは日本刀を頭上にかかげ降参した振る舞いをしている。

驚いたのは政府軍である。

バタバタしながら、二十名ほどが銃剣のついたスナイドル銃を向け、出てきた。

上官らしき者が進み出て、

「何しに来た。なにごとか」

「いやいや、降参、降参」

辺見が応える。

その声を聞いただけで恐怖のあまり、政府軍のひとりが銃の引き金を引いた。

バーン！

辺見ともう一人は、とっさに身をかわした。

「撃つとは卑怯な」

刀を抜き、あっという間に数人を斬った。

たった二人で政府軍に斬り込んでいった。いくら何でも無謀だ。

たちまち政府軍も皆、外に出てきて銃を構えた。

そのときである。政府軍の背後から、

「キェーイ」

猿叫が聞こえたかと思うと、残りの薩軍が襲ってきたのだ。

振り返った政府軍は恐怖におののいた。瞬く間に銃を捨て、四方に散り散りに逃げていった。誰一人として戦おうとする者はいない。中には腰が抜けて動けない者もいる。

あっという間の出来事だった。屯所には三十を超える政府軍の骸が転がっている。

薩軍は無傷だった。

「食糧と弾薬があるぞ。よか土産ができた」

── 八 ──

早速、皆で運び出し人吉へ向かった。

その一方、襲われた政府軍は隣の屯所まで這《ほ》う這《ほ》うの体でたどり着いた。

「どうした」

「薩軍に襲われた」

「えっ、薩軍にか。後を追ってきているのか」

「わからん。かなりの数の者が斬られた」

「よし、入り口と周囲を固めろ。警戒するよう、皆にすぐ伝える」

隣の屯所の政府軍は、こちらまで薩軍が追ってこないか心配なのだ。

これから襲われた屯所へ行って、戦おうと考える者は誰もいない。自分の屯所が狙われなかっただけ良かったと、胸をなで下ろしているのだ。

田原坂の戦い、熊本城攻めの敗戦の後、最強とうたわれた薩軍兵は手負いの虎や豹と化し、九州の野や山に放たれたのだ。その数は数千にのぼる。その虎や豹を狩るために、わざわざ屯所に引き返す者はいない。ましてや夜である。とにかく斬られなかっただけ幸運だったのだ。

政府軍は熊本城や田原坂でも、薩軍の抜刀隊や夜襲には散々な目に遭っている。政府軍が逆に夜襲をかけたことがある。だが、結果は逆に倍以上の被害を受け、蹴散らかされた。

それ以降は、こちらから夜襲などという無謀な事はやっていないし、やろうという者もいない。

その夜、隣の屯所へ逃げ込んだ政府軍兵士らは、なかなか寝つけなかった。寝つけないどころか、恐怖のあまり発狂する者まで現れた。

戦争とは、こういう悲惨なことを言うのだ。

―― 八 ――

人吉も、だいぶ近くなったようだ。

足取りも軽く、これが敗走中の兵士たちなのかと思うほど、皆、明るい。

西郷さぁと一緒だからなのか。それとも南に生きる者の元来の相なのか。

春の九州は実に穏やかだ。其処ほどに草花が咲き誇り、鳥の鳴き声が山中に響きわたっている。

吹き抜ける風はさわやかで、小鳥のさえずりを携えているようだ。

小休止となった。敬子が、しゃがみ込み何かを見ている。

「何を見ている」

「ほら、この花よ。名前はわからないけど綺麗」

「本当だ。普段は見過ごしてしまいそうだけど、こうやって見ると綺麗なもんだなあ」

そういえば、伝次郎の時代でも川縁でこうやって花を眺め、ふたりで感動したなあ。

それまでの自分は、時間があればゲームばかりやっていた。

俺の時代は物がいっぱいあって便利だ。

でも、こうやって敬子と自然の中で名もない野花をいっしょに見て、綺麗だと感じている自分がいる。人として大事な何かに触れているような気持ちになった。

胸がキュンとしている。同時にあたたかい何かに包まれ、満たされていくような思いがしてきた。それは、この野花のせいだろうか。この野花を敬子と同じように綺麗だと思う価値観にであろうか。それとも敬子へのいとしさゆえだろうか。

ただ、今までの人生の中で感じたことのない思いが駆けめぐっているのは確かだ。

ふと見上げると遠くの山に陽が落ちてゆく。夕陽って、こんなにも美しかっただろうか。

「敬子、見て、夕焼けだ」

「あっ、本当、綺麗ね。どんどん色が変わっていく」

「気付かなかった。ずっと見ていると、色が変わっていくんだね。不思議だ」

「この夕焼けを見てると、私たちが今、戦の最中だなんて信じられないわね」

「何百、何千の少年らが死んでいった。彼らもこうして、この光景を味わいたかっただろう」

「今、ここにいる若者たちも、戦いが終わるころには、どうなっているんだろう。皆、死ぬのかな。私も伝次郎も」

「わからない。けど、この不思議な運命は受け入れるしかない。今の、この時間を大事に生きてゆこうと思う。俺は今まで、こんなに時間がもったいないと思ったことはない」

「戦争は嫌だな。大義が有る無しにせよ、多くの者が傷つき死ぬ。伝次郎の時代もそうなのか」

「そう、世界のあちこちで争いがおきている。でも、少なくとも俺の時代の日本は、まだ平和だ」

「ところで伝次郎の時代の時空を歪ませる程の破壊力の爆発とは何だ。火山の爆発なのか。同時期に二回も」

「うーん、おそらくそれは原子爆弾のことだと思う。広島と長崎に投下された核兵器だ」

「カクヘイキとは何だ。人間がつくったものか」

「ああ、一発で何万人、何十万人が死んでしまう恐ろしいものだ」

「なぜ、そのような物をつくる。何のために」

「偉い人たちは平和のためだという。相手に対する抑止力だと」

「恐ろしい武器を持って相手を抑えるとは、単なる脅しではないか。お前の時代にも、まだそんな野蛮な人間がいるのか」

「ああ、野蛮だと言われれば確かにそうだよな。この戦で死んでいった人たちの思いを馳せると、核兵器なんていう恐ろしい人殺しの武器はない方が絶対にいいよな」

「平和が一番だな」

そう言うと敬子の頬に一筋の涙がこぼれ落ちた。

伝次郎は肩を抱き寄せた。敬子が伝次郎を見上げ、微笑んだ。

そして、春の夕焼け空を共に暮れ落ちるまで、名残惜しそうにいつまでも眺めた。

―― 八 ――

九

人吉に着いた。
西郷以下、護衛の者は寺を本営とし、そこに駐留することになった。
半次郎さぁ、他の薩軍幹部もここに集まった。
「この人吉の地は、なかなかよい所だ。ここに我々の王国でも造ってみたいものだ」
半次郎さぁは、この地が気に入っている様子だ。
各地に散っていた薩軍兵も次々と集まってきた。弾薬の製造も始まった。
何しろ政府軍は、薩軍の百倍以上の資金と物量で迫ってきているのである。
毎日のように軍議が行われた。西郷は全く参加せず、狩猟の日々を送っている。

伝次郎と敬子《すみこ》は西郷の護衛である。

ある日、ウサギを狩り、持って帰った。

半次郎さぁが、ちょうど通りかかり、

「いっしょに喰いたかなあ」

と一言いうと、

「今夜はいっしょに、やりもんそ」

と、西郷さぁも上機嫌のようだ。

西郷、半次郎、伝次郎、敬子の四人で箸をつついた。

── 九 ──

「吉之助さぁ、京都の町では、よく一緒に食べたものでしたなあ」

「ああ、そうじゃった。あの頃が懐かしかなあ。半次郎さぁとも不思議な縁じゃな」

「まこて、まこて、不思議じゃ」

「ああ、言うのが遅くなりもしたが、最初、土産にもろうた、あの芋は本当にうまかった。お礼を言いもす」

「うちの肥料がよくきいちょたんでしょう」

ふたりとも、御一新の頃を思い出し感慨深いようであった。

西郷さぁは、物静かで落ち着いている。半次郎さぁは、本当に明るくてさっぱりしている。この戦は勝ち進んでいるのではないかと錯覚してしまいそうだ。

だが、現実の戦況は厳しかった。

半次郎さぁは暫くの間は、ここ人吉で持ちこたえられると考えていた。

しかし、田原坂で私学校の精鋭の多くを失ってしまった代償は、あまりにも大きかった。物量に勝る政府軍に対し、士気は上がらず、撤退が相次いだ。

にも拘わらず、辺見は各隊を馬で駆け回り、士気を鼓舞していた。この戦の最中、辺見が寝ているところを見た兵士はいなかった。まさしく、超人である。その辺見の活躍も実らず、人吉を撤退し宮崎方面に敗走することになった。辺見は人吉を離れるにあたり、私学校の皆々が生きておれば、このような敗走はなかっただろうと山頂の木にもたれ、男泣きに泣いた。

── 九 ──

あの大雪の日に出立してから、半年近くが過ぎようとしていた。季節はそろそろ秋を迎えようとしている。

宮崎・延岡での戦いも敗れ、小さな村に集結している。

西郷は、この村で太陽が昇ると全軍を集め、解散すべき布告を出した。

我が軍の窮迫、此処に至る。

今日の事、唯一死を奮って決戦するにあるのみ。

此の際、諸隊にして降らんとするものは降り、死せんとするものは死し、士の卒となり、卒の士となる、唯、其の欲するところに任せよ。

この全軍解放の令が出たことにより、熊本・大分の諸隊は、それぞれの故郷へほとんどの者が帰っていった。

薩軍もかつては政府軍陣地を夜襲しては心胆を震え上がらせていたが、今は、弾薬もつき、食糧さえ、おぼつかなくなっていた。

もう、ここで終わりだ。この宮崎で終わりになる。半次郎を含め、薩軍のほとんどは、そう考えていた。士気も落ちていた。

かつての伝統には、ふさわしくないほどに薩摩隼人がくじけてきていた。

最後に、この村付近で全員死勇を奮い、戦野に斃れることでサムライの美を残したい、そう決めていた。

西郷は全軍解放の令を出して後、麦畑で陸軍大将の軍服を脱ぎ、焼いた。

辺見が近づき、つぶやいた。

「ちんがらじゃしたなあ（めちゃくちゃでしたね）」

「ああ、ちんがらっごわした」

伝次郎は、そのやりとりを聞いていた。

ふたりが伝次郎を見て、

「これから、よか世の中になればよかけどなあ」

と語った。

九

伝次郎と敬子は二人で、この後どうしたものかと語っていた。

そこへ一人の青年がするすると近づいてきた。歳は三十前後だろうか。私学校徒ではないようだ。

「俺たちに何か用でしょうか」

「ああ、いや、俺は宋太郎という。大分中津隊の者だ。この戦の最中、お前達二人が、ずっと気になっていた。私学校徒でもないようだが、常に西郷先生の傍にいて、しかも中村さん、辺見さんに信頼されている。何者だ、お前たち」

「俺は伝次郎といいます。自顕流の腕を買われて護衛しているだけです」

「ふうん、そうか。確かに自顕流の腕前は辺見さんと肩を並べるくらいだしな。ただ、どうも雰囲気が違うのだ。何というか、他の者と違う空気を吸っているような」

「気にしないでください。ところで私学校徒でもないのに、なぜ、解放令が出されたのに残っているんですか」

「ああ、そこなのだ。俺は自由民権運動に参加しておった。民を大事にする民権運動に目覚め、私利私欲に浸っている太政官を倒そうと、この戦に加わった。だが、その志ならず、このようになった。仲間はすべて中津へ帰した。だが、俺はどうしても帰れない。それは西郷先生に会ってしまったからだ。慈愛に満ちた先生に魅されてしまった。死を共にしたいと思っている」

「そうだったんですか。でも、なぜそのような事まで俺に話してくださるんですか」

「今までは激しく殺伐とした人生だった。だが、西郷先生と出会い変わった。その中でお前たちふたりは季節を感受し、共に味わおうとし楽しんでいる。その様子を見ていると羨ましくもあり、好感も持てた」

「恥ずかしいな、見てたんですか」

「ああ、そちらの少年兵は、おなごじゃろう。こんな激しい戦の最前線におるなんて信じられんが、西郷先生や他の者も気にも留めない。薩摩の人間は不思議だ」

「知っていましたか。ですが、理由あって内緒に願います。この戦を見届けねばならない人なんです」

「いいよ、わかった。ところで話はついでだが、聞いてくれるか。勝手なのだが、俺のことも誰かに伝えておきたくてな。いいかな」

「いいですよ、聞かせてください」

「俺はな、死ぬのは怖くない。だが、怖いと思った男が二人いる。ひとりは西郷先生だ。優しさと同時に、とてつもなく巨大で偉大なものを感じる。お前もそうだろう。もうひとりは、福沢諭吉だ。俺と諭吉は親戚筋にあたるのだがな。俺は以前、攘夷思想だった。西洋思想の諭吉が許せなくて斬りに行ったことがある。だが、一分の隙もなく斬れず、逆に一晩語り明かしたら諭吉の考え方に心服していた。すばらしい男だ」

「えっ、でも福沢諭吉さんて、そんなに隙のない人なんですか」

「お前、知らないのか。諭吉は幕末一の居合いの達人と言われているんだぞ。でも、半次郎さんのように実践はあまりなかったがな」

「そうなんですか。慶應義塾大学の創始者で紙幣に載っているひとだというくらいしか、知らなかったです」

「紙幣に載っている？」

「いや、いいんです。気にしないでください」


宋太郎は西郷と、この戦争について、こうも言っている。


吾、此処に来り、始めて親しく西郷先生に接することを得たり。

一日先生に接すれば一日の愛生ず。

三日先生に接すれば三日の愛生ず。

親愛日に加わり、去るべくもあらず。

今は善も悪も死生を共にせんのみ。

―― 九 ――

宋太郎は薩軍西郷軍の勝利に期待していた。大久保の専制政治に異を唱えたかったのだ。

民の言葉は封じ込められ、その中でもなお正そうとする者あらば謀殺される。常々、あの御一新は何だったのだろうと考えていた。臣下の者どもが殿や家老を引きずり落とし、自らが大きな屋敷に住み、妾を囲い、財閥と共に私腹を肥やしている。

そもそも尊皇攘夷などといって倒幕した者たちだが、幕末には御所に大砲や銃弾を撃ち込み、御一新成った後、舌の根の乾かぬうちに今度は開国だ、西洋化などと豹変した連中である。

西郷先生を明治六年下野させた手段も信じられない。

閣議決定された内容を正しく奉上しないとは信じられない。いくら何でもやりすぎである。

尊皇とはとても言い難い所業である。しかも、朝鮮遣使の反対の理由は戦争につながるので内治優先だったはず。にも拘わらず、翌年に台湾出兵を行うとはどういう神経をしているのだ。

西郷先生が、とてもこういう輩とはやっていけないと見切りをつけたのは当然のことだろう。

そしてなんと、今度は遂にその西郷先生までを暗殺しようとした。

宋太郎は許せなかった。そして、この度、政府に尋問の廉、之有りとして東上されることとなった。

この薩軍の東上の勝利によって、自分の志を実現しようと思っていた。

宋太郎の出生した地方には草と草を結んで事の成功を期待する古俗が残っていた。

― 九 ―

しかし、事は成らなかった。

それに準《なぞら》えて、「有様は草のかわりに風を結ぶようなものであった」と語った。

だが、宋太郎は西郷との出会いによって、それまでの志が成らなかった悔しさを充分に凌駕する幸福感に満ちていた。

宋太郎と伝次郎は無言のままではあるが、この解放令の出された村で充足された気持ちであった。


解放令が出された後、病院の始末について指示が出た。

開戦以来、その数は膨大であった。ここで傷病兵とは別れることとなった。

西郷は、このように述べた。

「苦楽を共にしてきた君らと別れることは悲しみに堪えざるところであるが、しかし、これからの踏破を共に行うことは、さらに困難である。『万国公法』というものがある。政府軍がこれを守るかぎり、薩軍の傷病兵に危害を加えることはあるまいから降伏してもらいたい。軍医は全部残留させる」

そう言って「病院」と白い紙に書いて貼り、白旗を掲げた。

残ったのは薩軍だけである。

それぞれが故郷へ帰る中でいまだに活気衰えず、志の折れない部隊があった。熊本民権党の協同隊である。

この部隊も宋太郎と同じく、大久保の専制独裁政治に異議を唱え、民主的意志を貫くため、この戦いに参戦したのだ。敗戦となっても彼らは冷静で、今後の日本の将来と、この戦いの意義を残すためにも捕虜になり法廷に出て陳述し、国法に従うというのだ。

彼らのような志を持った者が太政官にいたならば、この度の戦は、もしかしたら起こさずに済んだのかもしれない。

残った薩兵は、この宮崎の村で闘死するしかないと考えていた。

九

辺見が西郷に近寄り、

「そこの農家より牛を譲り受け申した。頂くとしましょう」

「おう、それはよかな。皆を集めてくれ」

宮崎の村人も薩軍には好意的であった。

薩兵らは美味しそうに頬張っている。西郷が手元より塩を出し、皆に与えている。この地が明日は最後の戦いとなり、ここに斃れるのだろうという思いが皆に広がった。


まわりを囲む政府軍は五万の兵力であった。

新式のライフルが、すべての兵員に行き渡っていた。火砲もアームストロング砲、クリップ砲までそろえてあり、欧州の一流国に近いものであった。

そんな状況の中で浮かれた鎮台兵が、「これで、西郷も手足が出まい」などと言った。

それを聞いた侍上がりの将校が不快がり、「汝の分際で西郷さぁを呼び捨てにするな」と、怒鳴った。

政府軍には、とにかく明日の総攻撃ですべてが終わる。そして、故郷へ帰れるとの思いでいっぱいであった。

一方、薩軍もそのつもりでいた。明日の戦いで皆、闘死するのだ。

伝次郎は思った。

あれっ、確か鹿児島の城山が最後の戦場だったはずでは……。

「皆さんは鹿児島に帰らないのですか」

と、つい言ってしまった。

「そりゃ、誰だって帰りたいさ。だが、この袋のねずみ状態ではどうにもならん」

会話に敬子が加わった。

「あの岳は、登れないかなあ」

「いくらなんでも無理だろう。うん、いや、ひょっとして、ちょっと見て来る」

辺見は、そう言い残し岳へ向かった。暫くすると、伴を引き連れて帰ってき

―― 九 ――

た。

「よか、よか、何とかなるぞ」

「うおー」

「鹿児島に帰れるぞ」

皆、口々に歓喜の声をあげた。

伝次郎は不思議に思った。

「敬子、なぜ、あの岳を登れそうだと思ったんだ。知っていたの」

「ちょっと事前学習しておいたの。あの岳がおそらく可愛岳《えのだけ》ね」

くすっと笑ってみせた。

そういえば以前、図書室に何度も通っていたな。

十

夜になった。

五百ほどの薩兵が岳をよじ登り始めた。

政府軍もまさか登れるはずはないと思っている。この岳は人間では容易ではないはず、獣でなければ無理だろうと。ところが、これらの兵は決起以来、半年間、戦い抜いてきた薩軍の中の精鋭中の精鋭の強者ぞろいなのだ。

隊を三つに分けた。

先陣の部隊と次の西郷さぁを護衛しながらの部隊、そして殿《しんがり》備えは半次郎さぁが仕切る。

先陣は辺見ら自顕流遣い手らが通り、道の印に白い布を巻き付けて進んでいった。

伝次郎と敬子《すみこ》は西郷の護衛のため、中隊にいた。

先陣はあっという間に進んでいった。

伝次郎らも這いつくばりながら音も立てず、声も出さず、信じられない速さで進んでいった。敵の陣の数メートル真下を通りながらの進軍であった。

西郷も、このときばかりは駕籠を使えないため、這いながら登っていた。

すると傍らの伝次郎を見て、にやっと笑い、「まるで夜ばいのごとあるな」

と、つぶやいた。

伝次郎を含め、まわりにいた者らは一瞬、唖然とした。次の瞬間、皆、笑いをこらえるのに必死だった。まったく、この期に及んで何を言っているのか。

数メートル先には、数千、数万の大軍がいる。見つかりでもしたら大変なことになる。その中での、余裕ともいえるこの言動。

五万の敵の囲みをくぐり抜けていく五百の兵には、不思議なことに悲壮感など全く無く、楽しみながらの行軍なのであった。

この西郷さぁの偉大さの中に垣間見るユーモア溢れる人間性は何ともいえない魅力といえよう。

── 十 ──

先陣の辺見らは岳を登りきろうとしていた。足音を忍ばせて岳の上へ登ると陽が昇り始めていた。

すると下方の平坦な麓に政府軍のテントが多数張ってあり、露営していた。

辺見はにやりと笑い、近くの一兵にラッパを吹かせた。と、同時に数名の薩兵らと大喝一声「キェーイ」崖を飛び降り、テント群に向かい突っ走った。

まるで豹のようである。

夜明けのため、まだ寝ている者もいた。だが、自顕流の猿叫に驚き、何ら抵抗することもなく、あっという間に逃げ出した。

それは見るに忍びない醜態であった。腰を抜かして動けない兵もいた。

「さっさと逃げんか。早うせんと斬るぞ」

と脅した。

四つんばいのまま、逃げていく。

「はっはっはっ、よか眺めじゃ」

まことに豪快なサムライである。

政府軍が驚くのも無理はない。縦横に網を敷き、アリも通さぬように何万の兵で囲んでいたはずなのに、そこから抜けだし暁光とともに襲ってきたのだから。

誰もいなくなったテントには食糧・銃・弾薬があった。

「ほう、政府軍はこげなよかものを食うとるのか。まあ、これで鹿児島まで帰るには何とかなりそうじゃ」

殿《しんがり》隊の半次郎さぁの一行を待って薩軍五百の兵は九州の山奥へ姿を消して

いったのだった。


その頃、政府軍本営の山県は狐につままれた様相であった。

あれほど、五万の大軍で一寸やらずの状態にしておきながら、一晩のうちに一兵残らず、九州の山中へ消えてしまったのだ。

これから先、五万の大軍をどう動かせばよいのだろうか。

また、熊本城を攻めるのか、長崎へ行くのか、大分から四国へ渡り板垣と組むのか。慎重な山県は途方に暮れた。

― 十 ―

九州の山中では鹿児島へ向かう薩軍がいた。伝次郎は辺見と一緒だった。

道中、辺見が、

「あの線は何だ」

「電線ですね。あれで、おそらく遠くの部隊と連絡を取っているんでしょう」

「どうすればいい」

「切ってしまえば連絡取れなくなるはずです」

「そうか」

それから目についた電信用の線はすべて切っていった。

九州の山中を渡りながら鹿児島へ向かう道中は戦闘もなく、まるで旅をしているかのようであった。それは辺見と伝次郎をふくむ三十人ほどで、あらゆる所に出没しては消えるということを繰り返し、どこを目指しているのかわからぬよう、攪乱したからである。

また、山中の村人たちも薩軍の味方で、流言に加勢してくれ「大分に向かう」とか「熊本をもう一回攻める」と言って、政府軍に偽りの情報を流し、協力してくれた。

大軍を動かす山県は大変である。どうしていいか、わからなかった。ただ、海軍の川村と陸軍の大山は黙っていたが、察していた。西郷さぁは鹿児島へ帰ってこられる、と。

伝次郎が政府軍への攪乱行動を終え、薩軍に合流した。

久しぶりに敬子と語った。

「あと数日で、鹿児島に入ることになりそうだ」

「そうなの、懐かしいわ、何年ぶりだろう」

「鹿児島市内の出身なんだ。いいなあ。俺の大隅は田舎だからな」

「ううん、私はちょっと南の方になるわ。私の生まれたところも田舎よ。でも、とてもいいところよ」

「どうなっているんだろう。おそらく政府軍が占領しているはず。突破していかないと入れない」

── 十 ──

「また、誰か死ぬのかしら」

「わからない。覚悟している。でも、あの大軍相手によくここまで帰ってこれたものだ。不思議だ。どうなっているんだ」

「伝次郎、いよいよ最終章が近づいてきたわ。きちんと見届けましょう」

「ああ、わかっている」

十一

ここは加治木である。

鹿児島まであとわずかだ。

辺見と野村が話している。

この野村とは薩軍の中でも随一を誇る頭脳の持ち主だ。決起当初から、野村の案通りに動いていたら、この戦もどうなっていたかわからない。

野村の頭脳と辺見の行動力により、この戦争は圧倒的な物量と兵数・武器の差があるにも拘わらず、田原坂の戦いまでは優勢に押していたのだ。

「野村さんはここまでです。加治木に残ってください。あとは我々でやります」

「辺見、今さら何を言うか。俺は最後まで戦うぞ。やらせてくれい」

「これは西郷さぁの直々の命令です。どうか、こらえてください。もう、充分ではありませんか」

「何が充分なものか。まだ、やり残したことは山ほどあるぞ」

「西郷さぁの気持ちをくみ取ってください。野村さんほどの逸材を、この戦で失いたくないと考えてのことです」

「先生の真意はいかほどであっても、俺はこの戦の発端から、すべてを見聞きした者としての責務がある。密偵の中原を泳がせ逮捕し、先生暗殺の事実を調べあげた。最後まで見届けるぞ」

「西郷さぁ、半次郎さぁ、自分らは過去の者として散っていきます。でも、今や貴島なき薩摩にあって野村さんには是非、未来のために生き残ってもらいたいと先生は言うておられるのです」

「……その気持ちはわかった。だが、解放令が出された今、動静の判断は俺自身のものとしたい」

「はい。でも、確かに先生の意志はお伝えしましたよ」

野村は、その足で近くの神社へ行き、この戦の報告をした。

我々は決して世の乱れを起こすために決起したのではない。正義を貫き、それを世に知らしめるためであった。

野村は鹿児島の警察として川路の警視庁との攻防を繰り返し、戦に突入してからは薩軍の隊長として九州各地を駆け回った。


―― 十一 ――


川路のやり方は長州の前原や佐賀の江藤の際とほとんど一緒だった。

前原のときは密偵が直に接触し、反乱の意志を引き出し、まんまと謀略に引きずり込んだ。前原はまっすぐな性格だったため、為す術なく斃れた。

江藤の場合、頭脳明晰なこの男は簡単にいかないと思った、大久保・川路は江藤不在の佐賀の士族を煽って、乱に持ち込んだ。

江藤は友人の制止も聞かず佐賀に着いたが、事態はどうしようもなくなっていた。大久保自らが征討に来る力の入れようだった。

西郷のところにも決起を請うたが断られ、四国で捕らわれた。

その際、大久保はきちんとした裁判も行わず、佐賀の現地でさっさと刑を執行したのだ。

江藤が司法卿を務めていたころ作った民主的な裁判制度は一切行わず、禁止していたさらし首までやってのけたのだ。

大久保は参議をしていた頃、この英才の江藤に幾度となく論破されたことへの復讐なのであった。

しかもあろうことか、そのさらし首にした写真を身内の者に配ってのけたのだ。

このような経緯を野村はすべて把握していた。

―― 十一 ――

前原・江藤まわりは潰されていった。次は必ず、鹿児島がやられる。

案の定、在京の鹿児島出身のポリスが密偵となり、次々と潜入してきた。鹿児島県内の警察には、これらの密偵は捕らえず泳がせろと指示した。

密偵らは私学校徒に近づき内部からの攪乱工作を始めた。逆密偵となった私学校徒には、すべての情報が筒抜けであった。暗号はすべて漏れていた。

密偵らは西郷暗殺を企て、実行しようとした。だが、そのとき鹿児島の警察は一斉にこの密偵らを取り押さえたのだった。

暗殺を食い止めるまではよかったのだが、それが真実であると知れ渡るや私学校徒はもちろん、鹿児島県内の老若男女まで怒りは広がった。

それもそのはずだ。大久保と川路にとって西郷は恩人であるからだ。大久保と川路の現在があるのも、西郷の存在があるからこそなのだ。

明治六年の政変に続き、またもこのような汚い手段で挑んでくるこの二人に怒りと虚しさが感じられた。

野村は思った。失敗しても次の手をすぐに打ってくるはずだ。

やはりそうだった。船での弾薬の運び出しだ。

数日にわたり千人を超える私学校徒が暴発し、弾薬を奪った。野村にはどうしようもなかった。止められなかった。

篠原さぁのところへ、すぐに報告した。

「やれやれ、まんまと大久保にしてやられたな」

とぽつりと漏らした。


遂に戦に突入した。

野村の案はことごとく却下された。だが、そういうことにもめげず、自分の任を最大限に全うしていた。

野村は西郷さぁの意図がわかっていたのだ。自分と貴島を私学校に招き入れなかったことを。

野村と貴島はすべてをわかったうえで、この戦に参戦したのだ。傍観できるはずがなかった。

どうせ負け戦になるだろうといって、桜島に逃げている士族もかなりの数いる。戊辰も戦わず、この度も戦わずしてどうするのだ。俺はとにかく城山の最後の戦いまではやり通す。その信念のもと、この半年間、英知を絞り駆け回り戦ってきた。大義に殉ずるために。


— 十一 —


だが、そのために、あまりにも大きな犠牲を出してしまったが。

島津の薩摩隼人のサムライのほとんどを斃してしまったという悔恨の情を込めて。

そう、この神社は伝次郎が毎週、自顕流の稽古に通っていたところだ。祀られているのは関ヶ原の合戦に西軍として参戦し、敗軍となりながらも敵に背を見せず、家康の本陣を目掛け、敵中突破を敢行し、見事故郷の薩摩へ帰還した、あの島津義弘公である。

この神社は義弘公が関ヶ原の合戦後、余生を過ごした加治木に建立され祀られている精矛《くわしほこ》神社である。

およそ三百年近く昔、義弘公を大将に頂く薩摩武士は関ヶ原から、この薩摩の地に義弘公の御台所と侍女らを連れて無事、生還させたのである。

そのとき、最後まで伴った武士はわずか数十名しか、残っていなかったという。ほとんどの者は殿の命とひき換えに遠い他藩の山中に斃れたのであった。

そうした今、西郷を大将に頂く当初は数万であった兵は、鹿児島の城山にお連れすべく最後の務めを果たそうとしている。現在その数、わずか五百。猛将として名を馳せた義弘公であったが、従う兵や民からは慈愛に満ちた殿で皆からは慕われていたと伝え聞く。

何の因果であろうか、義弘公より永々と続いてきた薩摩武士たちが、ここに西郷と共に終焉を迎えようとしている。あとは城山で最期の徒花として散りゆくのみ。

だが、辺見の申すように散っていく朋のためにも生き残り、後世にきちんと伝えるべきだろうか。

野村は義弘公に報告を終えると、自身の身の振り方を決めた。

西郷さぁが生き残れとおっしゃるのなら、生きて法廷にて今回の戦の全容を明らかにする。すでに貴島が亡くなった今、野村はそう決心したのだった。

―― 十一 ――

野村が神殿に向かい報告をしている頃、神社の道場には二人の男女がいた。

伝次郎と敬子である。

「思えば、ここで落雷に遭い、戦の中へ放り込まれたんだよなあ」

「そうね、はやいもので半年近くになるわ」

「この神社は、あの関ヶ原の合戦で敵中突破された義弘公が祀られているんだ。何かの縁でもあったのかな。また、ここへこのような形でくることになろうとは」

「そうね、何かの導きがあったのかもしれない。義弘公も、たとえ敗軍の将となろうとも見苦しい姿は見せない。薩摩のサムライの矜持は立派に持っておられた。今の私たち薩軍とどこか似ているように思える」

「俺も、ずっと見てきて物資不足は大変だったけど、皆さんの武士としての、いや、人間としての生き様はすごいと感じた。常に堂々とされていた。俺の中で、いつも悶々としていたものが、すっきりとした思いになっている」

「滅多に出会えない人たちだからね」

「もし、生き残れるのであれば、この人たちの生き様を誰かに伝えたい。特に俺の時代の人間たちが、ほとんど失いかけた大事なものがある。今、本当に生きることの大事さと有り難みを感じている」

「私も。皆、それぞれ真剣に自分の人生を考え、行動に移している」

—— 十一 ——

二人は数日後に迫っている最後の戦いの前に、この神社での不思議な縁に自分を振り返っているのであった。

そして、この精矛《くわしほこ》神社に祀られている島津義弘公は、どのように西南戦争をご覧になっているのだろうか。


辺見も加治木にて、この戦争を最初から振り返っていた。

この戦に入るまでの鹿児島は、まさに桜島がいまにも大爆発をおこすほどの、恐ろしい大量のマグマを蓄えていた。

太政官による帯刀廃止令、政府批判をする新聞社等への言論弾圧、不平等条約や領土における弱腰外交など不満は積もっていた。

また、五箇条の誓文も、どこ吹く風とやらで、いまだに憲法も制定せず、国会も開かず、大久保の独断で政治を行っていた。

この状態は、さすがにあの岩倉も何とかせねばと西郷さぁに再三、東上してほしいと使いをよこしていた。

一方で、鹿児島は独立国の様相を呈していた。国に税金も納めず私学校では戦争に向けて学習を日々、行っていた。

西郷以下、私学校幹部は南下政策をとるロシアとは、いつか衝突するであろうと見越していた。

国事に一難あるときのために私学校徒を育てておく。その旨は東京へも知らせてあった。

だが、大久保はそうは見ないし思わない。

今でさえ、政府批判をしている最強の薩摩武士が武力を持ち、東京へ向かったら現在の役人らはひとたまりもない。脅威そのものなのだ。武力を持っていない現時点で潰してしまうしかない。

徴兵した兵士らを早急に鍛え上げ、欧米から取り寄せた最新の武器を持たせ戦わせる。そうすれば大久保らは安泰なのだ。あらゆる策を講ずる必要があった。どんな手を使ってでも暴発させ、賊徒とし、我々は官軍として征討するというシナリオである。

事は思い通りに進んだ。

── 十一 ──

鹿児島出身の密偵を次々と送り込んだ。

大久保の命を受けた川路は西郷を含む私学校の幹部の暗殺を謀ったのだ。

大きな戦をせずとも、この西郷らを亡き者にしてしまえば、残りは薩摩武士とはいえ、結束して立ち向かってくるなどできるはずがない。西郷・中村・篠原ら、御一新の中核を担った者の威光があればこそ、私学校は成り立っているのだから。

だが、手っ取り早い暗殺は容易にはいかなかった。野村が私学校徒を逆密偵として送り込み、川路の動きをすべて見破り、密偵を泳がせ機を見てすべて逮捕したのだ。

慌てた川路らは次の手を打った。鹿児島に置いてある、御一新の頃の弾薬を船で運び出そうとした。しかも何の連絡もなしに夜の作業でだ。

これを私学校徒が看過するはずがなかった。

形式上は政府の管轄となっていた。だが、私学校徒にとっては、亡き斉彬公の遺産として自らの物と意識していた。暴徒と化し次々と弾薬庫を襲い、奪っていった。その数、千名を超えた。

―― 十一 ――

ちょうどその頃、密偵の自白調書もできていた。

なんと、そのすべての密偵が暗殺を容認する内容だったのだ。

もう、この暴発はいかなる者も止めることはできなかった。縦の謀略と横からの謀略が時を同じくして、見事に合致したのだった。

結果として大久保・川路の思い通りになった。

大久保は手紙の中で「心中秘かに笑みを生じたり」と友人に書いている。

あまりの思い通りの成り行きにほくそ笑んでいたのだ。

川路の残りの仕事は刺客を送り込み、西郷を始末すれば戦は早々に収まり、残った私学校徒らは、お縄にして処刑してしまえばいいのだ。

藩政時代、この俺を郷士だとして蔑んだ連中への復讐に燃えていた。だが、いくら刺客を送り込んでも失敗続きだった。旧会津藩士の復讐心を煽っても駄目だった。逆に辺見らの返り討ちにまで遭った。

暫くしないうちに山県から任を解かれ、帰京せよとなった。

決起し、東上することとなった薩軍の作戦はというと、実に不可解なことが多かった。あの説得力のある野村さんの作戦をことごとく退け、熊本城攻めを敢行した。

不可解なことの一つに、熊本入りした際、西郷さぁは熊本県令に会い「迷惑をおかけして申し訳ない。これより以北には参らん」と述べたのだ。

篠原さぁは田原坂の戦いの最中、もう一押しで完全に政府軍に勝てるところで、理由もなく自軍を撤退させたのだ。

その翌日、まるで俺を撃てと言わんばかりに最前線に立ち、斃れた。

それに、そもそも熊本城など相手にせず北上し、北九州まで直進すればよかったのだ。なぜか薩軍幹部は綿密に策を講ずることなくきていた。

本当に勝つつもりでいた戦だったのだろうか。

── 十一 ──

もし、野村さんの策を受け入れていたら、そこまで労せずとも九州を渡れたはずだ。

だが、待てよ。もし、大将に西郷さぁを頂く我々が中国路・東海道を東上していたとしたら。

全国に存在する何十万という不平士族、それに農民・漁民を含む政府に不満を持つ国民。その数は計り知れない。とてつもない大きな内乱になるであろう。

幕府を倒し、新しい時代を始めてから十年。もう一度やり直すというのか。

だが、開国した現在、欧州・アメリカ・ロシアは虎視眈々と領土拡大植民地化を狙っている。十年前はフランスとイギリスをうまく使って外国の侵略から逃れたが、今はそうはいかないだろう。

それを回避するために、我々はここでサムライの時代の終焉という形の中で斃れる運命なのだろうか。ならば、それで良しとするか。

この波乱の時代の中で、大局・大義に殉じた生き方をしたと信じるべきだろう。
辺見は、自分にそう言い聞かせるのだった。

十二

薩軍は島津氏の別邸まできていた。城山はもう目の前である。

二月のあの大雪の中での決起から約半年、もう秋になっていた。

「おーい、全員集まれ、作戦会議じゃ」

生き残った薩摩隼人の精鋭たちが揃った。

半次郎さぁが作戦を下す。作戦といっても非常にわかりやすい、単純なものだった。

「よいか、あの草牟田の倉庫を突き進み、そのまま城山へ駆け上がり、陣を敷く。弾はほとんどない。ひとり三発までだ。弾を撃ち終えたものは抜刀し、白兵戦に持ち込む。何としてでも西郷さぁを城山までお連れする。よいか」

「よっしぁー、いっど、いっど」

野に放たれていた最後の猛虎らが、今夜一丸となって政府軍の一角を崩し、この城山に、今一度陣を敷くのだ。

夕暮れになり、息を潜める五百の猛虎。


草牟田の政府軍は目前に西郷軍が迫っているとは露知らず、夕餉の支度をしている。

斬り込み隊の先頭には辺見さんがいる。その後ろに、あの中津の宋太郎さんがいる。半次郎さぁは銃は持たず最初から白刃をかざしている。

その半次郎さぁが、

「伝次郎、お前は俺の代わりに西郷さぁの護衛じゃ。頼むぞ」

「わかりました」

駕籠で担がれた西郷さぁの両脇を敬子《すみこ》と固めた。

五百の兵は出来るだけ小さく固まり、突破する方法をとる。長蛇になり途中を切り崩されたりして、西郷さぁの身に何かあってはいけない。

五万を超える政府軍は物量で圧倒的に勝っている。

兵隊・武器において劣勢を強いられ、賊徒の汚名まで着せられた者たちが、なぜここまでやれるのであろうか。

彼らを支えているのは、九百年以上にわたる薩摩隼人という比類ないサムライとしての矜持と西郷への限りない崇敬の念である。

今回の決起にしても暴発ではなく、大久保・川路の挑発に乗せられた故の行動であり、我々に正義が存在することへの信念を持っている。それらが、いかなる戦理も超越した度肝を抜く行動へとつながっていたのである。

── 十二 ──

だが、ここにきて最後の戦いが迫ってきた。何としてでも城山を制圧し、この戦を締めくくらなければならない。そのためには今夜この、およそ常識では考えられない突破を成功させるしかない。

先頭の辺見さんと宋太郎さんは最初から白刃だけでいくようだ。

辺見さんが進み出した。それはとても人間業とは思えぬ速さで音もなく進んでいく。まさしく黒豹である。

その後ろを宋太郎さんが行く。


敵の堡塁に達した。と同時に、「キェーイ」という自顕流独自の猿叫とともに、数十名の抜刀隊が突入した。

敵も銃で応戦してくる。

辺見さんは、あっという間に次の堡塁へ進んで行った。

敵は混乱しているが、圧倒的に勝る兵数と銃で応戦している。この頃になると政府軍も田原坂の戦いとは違い、戦闘慣れしてきていた。

だが、その中を薩摩隼人の精鋭たちは何も臆することなく突き進んでいた。

―― 十二 ――

伝次郎は西郷さぁを守る、その一念で進んでいた。

すると隊の中ほどから煌めく光を見た。それは半次郎さぁの太刀の光であった。

太刀筋は見えない。ただ、何もない道を悠然と歩いていくだけのように見えた。

急ぎ足になり進みながら、煌めく光とともに続々と政府軍兵士が倒れていく。

辺見さんとは、また全然違う剣の世界である。

その状況下で政府軍は、ただ闇雲に目標も定めず発砲を繰り返している。まるで真昼のような銃弾による明るさである。

そのうちに多くの政府軍兵士は、とてもかなわないと悟ると逃散していった。

だが、抜刀だけの攻撃の西郷軍の犠牲もかなりのものであった。

これで何とか城山を奪取し、塁を築いて戦えそうだ、そう感じていた矢先、先方に新たな政府軍の一団が待ちかまえていた。

見る限り、かなりの遣い手揃いである。そう近衛兵の一団であった。

その中へ宋太郎の一団が飛び込んでいった。

「だめです、宋太郎さん、その中へ行ってはいけない」

激しい白兵戦となった。宋太郎も何名か倒したが、近衛兵も負けてはいない。

これが宋太郎にとって最期となった。

火花を散らす白刃の中で近衛兵の一閃が宋太郎を袈裟に斬った。

「うっ」

倒れ込んだ宋太郎を伝次郎と敬子はすぐに薩軍の中に引き込んだ。

「宋太郎さん、しっかりしてください」

息が途絶えつつあった。

「うっ、伝次郎か。やられてしもうた。これで最期みたいだな。草の代わりに風を結ぶようなことになってしもうたが、悔いはない。よか戦じゃった。人生であった。じゃ、先に行って待っているぞ」

がくっと首が折れ、息が途絶えた。

「宋太郎さん」

伝次郎と敬子をいつも気にして、羨ましく見守ってくれていた、宋太郎さん。解放令が出されても中津部隊で、ただ一人残り、薩軍とともに戦う覚悟で人生を語ってくれた。

「ちくしょう、近衛兵め。全員斬ってやる」

「待て、伝次郎。半次郎が何か話をしている」

敬子が指さした。

近衛兵の隊長らしき男が言った。

「半次郎さん、もうここら辺でよかでしょう。西郷先生をお引き渡し頂きたい」

「それはならん」

「どうしてですか。この戦の正義を通すためにも、堂々と裁判で主張されるべきだ」

「西郷さぁは、御一新第一の功を成された方だ。お前たちの上官であり、陸軍大将でもあった。その方に罪人として縄をつけるというのか」

「そ、それは……」

「西郷先生は誰のものでもない。我々は、この城山を最後の戦いとする。近いうちに総決戦となろう。そのとき、また会おう。さあ、道を開けてくれい」

暫く、考えているようだったが小さくうなずいた。


近衛兵の一団は静かに道を開けた。その中を西郷の駕籠は通っていく。

近衛兵らは皆、敬礼している。

伝次郎は宋太郎の亡骸をかかえて城山へと登る。

「伝次郎、この戦も、もう少しで終わる」

敬子が肩に手をかけた。


近衛兵の隊長が皆に言った。

―― 十二 ――

「政府の密偵らが西郷先生を暗殺しようと、この城山に集結してきている。先生を密偵ごときに殺させてはならん。一人たりとも城山に入れるな。いいか」

「はいっ」

西郷に刃を向けたくないのは、皆、同じなのだ。

近衛の隊長は、ひとつ気になることがあった。

「おいっ、ところで西郷先生の駕籠の護衛についていた、あの少年兵、以前どこかで見たことがあるような気がしたんだが」

「そういえば、自分も気になりました。確か、どこかで」

あっ、二人は同時に思いついたのか、目を合わせた。

「そうだ、確か江戸城開城のときだ。そう、大奥で見た、天璋院篤姫様だ。でも、まさかこんなところに。いや、いるはずがない。我々の見間違いであろう」

二人はしばらく、御一新の頃を思い出していた。暮れゆく秋の夕暮れを寂しげに見ていた。

西郷軍は城山を制圧した。

それと同時に、城山へ通じる道のあらゆるところに近衛兵が待ちかまえている。

「おい、お前、どこの隊の者だ。どこへ行く」

「はい、警視庁の者です。西郷周辺の状況を探って来いとの命令を受けて参りました」

「それは、我々近衛の者でやる。帰れ」

「えっ、でも」

「いいから帰れ」

密偵の刺客らは相談し、密かに潜入することにした。ガサッ、ガサッ、草むらの中を暗殺集団が進んで行く。

── 十二 ──

すると、その先に悠然と立ちはだかる集団があった。近衛兵である。

「お前たちは何者か、くせ者め、始末してくれる」

「何のつもりだ。我々は薩軍ではないぞ」

「問答無用、それっ、斬って捨てよ」

「近衛兵め、どうかしておる。仕方ない突き進め」

激しい斬り合いになった。

田原坂の戦いで少年兵が挙げた、いやなものの一つ、赤帽は近衛兵のことである。

戊辰戦争以来の戦いを経験している近衛兵は強い。暗殺集団は、ことごとく斬られていった。

わずかに残った者が這《ほ》う這《ほ》うの体で逃げ帰った。

この近衛兵も元はと言えば、西郷が組織した薩摩の武士集団なのだ。

警視庁の密偵団では、

「近衛兵はどういうつもりだ。我々の同志を城山に入らせぬよう、ことごとく始末しておる。まるで西郷の護衛兵ではないか」

「まさしく、その通り。近衛兵は刺客に西郷は討たせないということだ」

「うーん、どうしたものか」

「たとえ、近衛兵を突破しても今度は半次郎をはじめとする護衛が待っている。至難の業だ」

「総攻撃まで待ちますか」

「そうだな」

十三

明治十年九月。

城山は五万を超える政府軍に包囲されている。

まさしく蟻一匹たりとも逃すことは許さないという山県の決意の表われである。

宮崎で一夜のうちに九州の山奥へ煙のように消えていった薩軍は、また何をどうするかわからない。西郷以下、半次郎・村田・別府・辺見という幹部が健在なのだ。

政府軍はまるで、腫れ物にさわるような心地であった。

だが、一本の通路だけは、一般の者の往来が自由であった。

様々な差し入れも行われていた。投降する者も、ここを使い降ってきた。

総攻撃も間近に迫ってきた頃、ある老婆がこの城山を訪れた。

「中村半次郎様にお会いしたいのですが」

伝次郎に話しかけてきた。

「今、西郷先生と洞窟で話し中です。少し待ってください」

しばらくすると、半次郎さぁが出てきた。

「初めまして、中村半次郎様。わたくし桜島の川原モヨの母でございます」

「おう、あの娘の母親か、よく参られた。何の用件であろう」

「実は先日、モヨが赤子を産みました。男子でございます。モヨは私以外には、誰の子だとは申しておりません。この子は実は、半次郎様のお子でございます」

「なに、俺の子だとな」

「はい、その通りでございます。覚えがございましょう」

「あ、ああ、確かに」

「今日、うかがったのは、ぜひこの赤子に名を付けて頂きたいと願い、参った次第です」

いきなりの話で、さすがの半次郎も黙り込んでしまった。

そして、約一年前の頃を思い出していた。

―― 十三 ――

昨年の暮れに半次郎は、供の者と桜島に猪猟りに出かけた。

「西郷さぁと猪鍋をせにゃいかん。大物を獲って帰ろうぞ」

「はーい」

正月に備え、猪を猟りに桜島へ供の者三人と船で向かっていた。

「半次郎さぁ、密偵の奴らが追ってきているようですが」

「なんの、なんの構わん、好きにさせとけ」

大久保と川路の送り込んだ密偵の刺客が半次郎を狙っていた。

供の三人は、野村のよこした護衛である。

刺客らは、この一ヶ月間ずっと隙をうかがっていた。だが、なんという男よ、全く隙を見せない。

刺客らは焦っていた。この桜島での暗殺しかないと充分に準備してきた。白刃で襲うのが一番確実なのだが、隙がないのだ。西郷の懐刀であり、幕末、人斬り半次郎と言われた由来であろう。

今回は銃を用意した。警視庁の中でも狙撃の名手を選んでやってきた。気配の悟られぬ距離から撃つというのだ。

それでも駄目だった場合を想定し、一刀流の遣い手も連れてきた。

一日目が過ぎた。

二日目、猪も獲れたので半次郎たちは海岸へ来て、釣りと貝獲りを楽しんでいた。

近くを若い娘が通りがかった。川原モヨ、齢十八である。

歩いていくと、眼光の鋭い男がいた。恐る恐る、通り過ぎようとした。その男が目配せしている先に、サムライがいた。ああ、あの方の護衛でもしているのだろう、そう察した。あまり関わり合わないようにと急ぎ、近道を使うことにした。

すると今度は別の男が潜み、銃をかまえていた。狙っている先は海岸の岩に座り、釣りをしているサムライだとわかった。

思わず、「あぶないっ」と叫んだ。

男は発射する直前であった。娘の声で動揺し、狙いがはずれた。

バーン。

外れて半次郎の座っている岩にあたった。半次郎はすかさず、刀を手に取り、岩陰に隠れた。

銃声に反応し、先程の眼光鋭い男が駆けてきた。

抜刀し、銃を持っていた男を一刀のうちに斬りたおした。

岩陰に隠れた半次郎に対し、狙撃が失敗したと知るや、今度は一刀流の遣い手三人が襲ってきた。

一対一では、勝ち目がないとわかっていたのであろう、三人いっせいに斬りかかった。

だが、半次郎の太刀さばきは目にも留まらぬものがあった。二人をあっという間に、袈裟と抜きで倒し、もう一人は太刀を一度受け、これも袈裟で斬った。

残りの刺客も続いて襲ってきた。

そのときには護衛も駆けつけ、刺客のすべてを斬って葬った。その数八人。


「大久保と川路の仕業か」

「そうだ。ここ一ヶ月、ずっと俺を狙っておった。野村から話を聞いておった。鹿児島に多くの密偵が潜入しておるとな」

「西郷先生は大丈夫でしょうか」

「ああ、ちゃんと護衛をつけておる。銃を持った者もな」

「あっ、半次郎さぁ、手から血が」

「ああ、一太刀受けたとき、指をやられた。たいしたことはない」

「いえ、どこかで治療しないと」

あっという間の成り行きを呆然と立ちすくんで見ているモヨがいた。

そこへ護衛のひとりが駆け寄り、

「すまんが、負傷した者がいる。手当をしたいのだが、どこか休めるところはないか」

「あっ、はい、わたくしの家でよかったら」

「そうか、すまんが頼む。半次郎さぁ、この娘の家に連れていってもらいましょう」

「ああ、わかった。ところで、この刺客らの亡骸は葬ってやれ」

「わかりもうした」


—— 十三 ——

半次郎らは、モヨの家で治療も兼ね、休むことになった。

モヨは、刺客が狙撃しようとした際、咄嗟に「あぶない」と発したが、これには理由があった。

以前より半次郎のことを承知していたのである。

鹿児島城下まで使いに出された折、何度か半次郎を見かけていたのだ。そして、その容姿や噂に聞く豪放磊落な雰囲気は十八の乙女の心を掴むには充分すぎるものがあった。〝岡惚れ〟というのは、半次郎を対象にした、この時代のおなごたちの表現であろう。

その半次郎が銃口の向こうに狙われていたのだ。何とかして助けねばという一念から、思わず叫んでしまったのだ。

モヨは切断された半次郎の中指を必死に消毒し、治療した。その半次郎はというと、指を切られた位、全く意に介しないようであった。

—— 十三 ——

「すまんな、急に押しかけて。怖い思いをしたであろう、大丈夫か」

半次郎がモヨに語りかけた。

「いえ、何ともありません。それより指は痛みませんか」

「うんにゃ、これくらい何ともない。蚊が刺したようなもんじゃ。それより、お前が叫んでくれたおかげで命を拾った。礼を言う」

さらりと笑顔で答えた。

モヨは、ますます心惹かれていった。

「半次郎様、傷が癒えるまでここにいらしてください。大事になるといけませんから。ここには、よい温泉もありますので療養していただきとう存じます」

「うーん、どうしたものか」

ひとりの護衛が言った。

「刺客も全員、返り討ちにあったとなれば、暫くは追ってこないでしょう」

「では、甘えることにするか。だが、なぜ俺の名を知っているのだ」

「半次郎様は有名な方ですから」

モヨは顔を赤らめた。


それから数日間、モヨは食事から治療まで半次郎の身のまわりの世話をすべて行った。接すれば接するほど、半次郎の魅力に惹かれていった。

明るくて、さわやかで小さな事にはとらわれず、そうしていて細かな優しさを垣間見せるのだ。

人斬り半次郎などと異名があるが、とてもそうは思えない。こういうお方と出会えたことに幸せを感じ、感謝していた。

半次郎は温泉から上がり夕餉も済ませ、床に入った。

ここ数日の穏やかな日々が夢のようであった。

モヨという娘が本当によくしてくれる。綺麗で心根の優しい娘である。

そうだ、明日はモヨと桜島の火口を見にいこう。若い娘は行くことはないはずだ。驚くであろうな、楽しみだ。

ここ数日は珍しく熟睡している。

私学校・鹿児島潰しを謀ってくる大久保・川路の汚い策略に対応させられている現実から逃避させてもらっているようだった。


―― 十三 ――


翌日、半次郎はモヨを連れて桜島の火口まで登った。

モヨは、この桜島で生まれ育ったが、まだ一度も登ったことはなかった。

ここ暫く爆発や噴火はないが、常に白い蒸気が立ちこめている。

火口に着いた。モヨは、恐る恐る火口を覗いてみた。

蒸気でよく見えないが、すさまじいエネルギーを感じる。いつ、爆発するかもしれない恐怖と壮大な躍動感が混じっており、不思議な感覚を覚えた。

夢中になり覗き込んでいるモヨに、半次郎が後ろから「ほれっ」と軽く背を押した。

「きゃあー」

モヨは叫び、必死に半次郎に抱きついた。

「何てことをなさるんですか。殺すおつもりですか」

驚きと同時に怒りも湧いてきた。

「すまん、すまん。あんまり熱心に覗いておるから、ついからかったまでよ、許せ。だが、驚いた顔も可愛いのう」

「もう、勘弁してください」

モヨは怒りもおさまり、逆にうれしくなり、顔はもう何のせいかわからないが涙が流れ出し、ぐちゃぐちゃになっていた。

モヨは半次郎の腕を取ったまま、離さなかった。そんなモヨに半次郎は優しく微笑んでくれた。モヨは幸せな気分であった。

ふたりで火口を覗いていた。

すると半次郎が天を仰ぎ、憂いを帯びた表情を見せた。それは時折、見せるのであるが、なんとなく寂しげな近寄りがたいものがあった。

何か不吉な予感を感じていらっしゃるのだろうか。

この火口を今の私学校と重ねて見ていらっしゃるのか。いつ何時、大きな噴火を起こすかわからない。それは時代の大きなうねりの中で避けることのできない運命なのだろうか。

それにどう立ち向かえばよいのか。

半次郎の暗い遠くをながめるその様は、モヨの想いをますます高まらせていくのである。このままでいたい。

だが、時代はそれを許さなかった。とんでもない大きなうねりとともに呑み込まれていくのであった。

—— 十三 ——

その夜、床についた半次郎は夢の中でうなされていた。

過去、自顕流で斬っていった者らが出てくるのだ。

京の役人、長州の志士、新撰組、佐幕の兵、次から次へと現れては消え、また次の者が現れる。

「うー、来るな、斬るぞ、斬っど」

大きな寝言となり、響いた。

モヨが寝所へ駆けつけ、うなされる半次郎に抱きついた。

「半次郎様、モヨです。お気を確かに」

力の限り、抱きしめた。

半次郎がやっと我に戻った。

「モヨか、すまん。心配をかけたな」

「いえ、わたくしは何ともありません。それより半次郎様は大丈夫ですか」

「ああ、大丈夫だ。昔、俺が斬った者らが夢に出てくる。俺にも早う、向こうの世界に来いと言っておるのじゃろう」

―― 十三 ――


「いやです、半次郎様。そんな怖いことを言わないでください。半次郎様は鹿児島にとって、いえこの国においても大事なお方です。亡くなってはいけないお方なのです。このモヨにとっても」

「あ、ああ、ありがとう。モヨのおかげで落ち着いた」

そして、ふたりは見つめ合うと、半次郎はモヨを抱き寄せた。

「半次郎様」

モヨの、か細い声の後、ふたりは自然と結ばれた。

翌朝、

「モヨ、いろいろと世話になったな。急に鹿児島に帰らねばならなくなった。また、会うときを楽しみにしておる」

「半次郎様、ご無事で」

モヨは半次郎と契り結ばれた喜びも束の間、別れの悲しさを味わわなければならなかった。

鹿児島の私学校が風雲急を告げようとしてきたのだ。

モヨは半次郎を乗せた船をいつまでも見送っていた。


そうか、あのとき桜島でモヨと結ばれた子が生まれたのか。

「うーん、そうか、俺の子か。男児を産んでくれたか。あのときの子か。有り難い。それでモヨは息災か」

「はい、産後の肥立ちもよく、母子共に元気で暮らしております」

「そうかそうか、それはよかった。それで命名ねー。俺の半次郎の名を、そのまま使ってもらいたいが、今では賊徒になってしもうた。後々、苦労をかけるであろう」

—— 十三 ——

伝次郎と敬子《すみこ》は、そのやりとりを黙って聞いていた。

すると、半次郎が伝次郎と目を合わせた。

「確か、おはんは伝次郎と申したな」

「はい、そうです」

「よか、よか、自顕流の腕前も確かな、よかにせの伝次郎。よし、これでよか。〝伝次郎〟にすっど」

「伝次郎でございますか」

モヨの母は尋ねた。

「そうだ、伝次郎だ。この名を隔代で名乗っていけ」

「さようで、わかりました」

驚いたのは伝次郎だ。えっ、俺のこの名は明治の半次郎さぁが名付けたのか。

いったい、どうなっているんだ。

歴史がおかしいぞ。整合しないよな。

事の成り行きがわからなくなっていたが、実際の俺の名ではない、誰か他の人の伝次郎のことだろうと思うしかなかった。

「よし、ちょっと待っちょれ。今、西郷さぁに報告してくる」

半次郎は西郷のいる洞窟へ入っていった。


「西郷さぁ、よか知らせが入りもした。おいに男児が出来たとのことです」

「ほう、それはよかった」

「つきましては命名に一筆、お願いしとう存じます」

「容易いこと。それで名は何という」

「伝次郎です」

「ほう、それはよい。あの少年の名と同じじゃな」

「さようで。あのよかにせは自顕流も達者で先生をお守りしたうえ、心根も優しくまっすぐで感心しとります」

「そうじゃな、この名でおはんのように生きてもらいたいもんじゃ」

西郷はなぜか意味ありげな笑みを浮かべ、硯にむかった。

〝命名　伝次郎〟

「これで、よかな」

「はーい、ありがとう存じます。桜島のモヨの所へ持って行かせます」

そう言って、洞窟を出てモヨの母のところへ戻ってきた。

「これをモヨの所へ持って帰ってくれ」

そう言って、書を渡した。

「ありがとうございます。未来永劫、大事にして参ります」

そういって書を広げた。

── 十三 ──

その書を見て伝次郎は、また驚いた。それは自宅に飾ってある、あの書だった。

あれは西郷さぁの揮毫《きごう》だったのだ。では、では俺は半次郎さぁの末裔になるのだ。

自分の先祖が今、目の前にいる。それに、あの書についてもはっきりした。

驚きの連続で気持ちの整理が追い付かない。

呆然としている伝次郎に敬子が近づいてきた。

「時空の神様は、どうやら、かなり遊び心を持っておられるようじゃやな」

と、ひと言つぶやいた。

そうしている間に、モヨの母は書を大事に抱きしめて坂を下りていった。

十四

政府軍山県より、明日の早朝より総攻撃に入るとの連絡があった。

それを受けて、半次郎さぁから少年兵らに下知があった。

〝少年兵らは、ここ城山の露と消えてはならぬ、投降せよ〟とのこと。

「伝次郎、降りるぞ」

敬子《すみこ》が言った。

伝次郎と敬子は他の少年兵らと一緒に公認の抜け道から山を降りていった。

投降していく少年兵の中に、ひとりの初老の男がいた。

地元の差し入れを持って来る者ではない。当初の戦いから、ずっと西郷と共にいる。川路から背後より糧道を断たれたが、それまでの物資のやりくりをすべて担っていた方だ。

降りながら、少しだけ話ができた。

「俺は伝次郎といいます。ずっと、この戦にいらっしゃいましたよね」

「ああ、そうだ。わしは桂という。物資の調達係をしておった。私学校徒らが決起するというて来てみたら、意気込みは盛んだが、食糧や兵器の調達とかは何ら考えておらんかった。それで、わしも加担することとした。戊辰の戦の経験があったのでな」

「えっ、でも命にかかわりますよ」

「なに、薩摩の武士は年老いても、いつでも命をかける覚悟はできとる。今回は急じゃったから、特に何の準備もしておらんかったからな」

「本当に、急だったんですね」

「そうだ。確かに政府の批判はしておっても決起しようとは、西郷や私学校の幹部は誰も考えておらんかった」

「辺見さんの言うとおり、策略にはめられたのですね」

「そのとおり。こういう策謀にかけては大久保の横に並ぶ者はいない。わしも歳じゃから傍観しとってもよかったが、そうもいかん。あんまり薩軍が何もしちょらんかったからな」

「最後までつき合ったのですか」

「ああ、西郷さぁが、きばっちょるのに何もせんわけにはいかん。たとえ、謀略に乗せられた負け戦でもな」

城山を下りていく中で、ここにも薩摩のサムライの生き様を見た気がした。

―― 十四 ――

山を下りた出口には、政府軍が待ちかまえていた。

着くと同時に捕縛されていった。二人もそのつもりでいた。

だが、政府軍の中に、あの近衛将校がいた。二人を見かけると、すぐ駆け寄ってきた。

「さあ、我々とこちらへ」

政府軍兵士がすかさず、

「その二人をどうするつもりだ」

「この二人は近衛で預からせてもらう」

「それはならん。特別扱いは許されんぞ」

「この件は山県さんから『近衛に任せる』という言質は頂いておる。文句はないだろう」

「山県さんから……。よし、では任せる」

「さあ、おふたりとも、どうぞこちらへ」

導かれて、ついていった。詰め所らしき所だった。

「西郷先生、桐野先生、薩軍の皆さんはどうしていらっしゃいましたか」

実に丁寧な対応で、敗軍の捕虜の扱いではない。

敬子が応えた。

「皆、焼酎を飲み、踊り、語らい、最後の宴を楽しんでおった」

「そうですか、それはよかった。西郷先生は」

「皆の宴の様子を微笑んで観ておった。そういえば舞いもしておったな。皆、大笑いしておった」

近衛将校は、何とも寂しげな表情であった。

「もうすぐ、総攻撃が開始されます。おふたりとも我々と一緒に、ここで待機しておいてください」

「お前たちは攻撃に加わらないのか」

「我々は、ここで状況を見守ります」

西郷は、かつての尊敬する上官だったのである。立場が敵・味方に分かれてしまったが、その上官の最期に刃を向けることはしたくないのである。

当然、手柄にしようなどとは微塵も思っていない。

それもそうだ。わずか四百ほどの薩軍に五万以上の軍で網を張り巡らし、攻撃するのだから結果は、見えている。


「いよいよ、始まります」

合図の号砲が三発鳴った。

僅か四百とはいえ、開戦以来半年間、戦い続けてきた薩軍で生き残った精鋭たちである。

政府軍は、これでもかというほどの砲弾を発射し続けた。それは城山の地形が大きく変わるのではないかと思えるようであった。

その砲弾の降り注ぐ中で、薩軍の幹部は洞窟前に集まっていた。

その他の者は、すでに山を駆け下り戦っている。

「そろそろ参りましょう」

西郷、半次郎、辺見が立ち上がり、動き出した。坂を下っていく。

敵兵が近くに迫っているのであろう、銃声が聞こえる。西郷の供の者が撃たれ、斃れた。西郷はおかまいなしに進んでいく。

相変わらず、銃弾は西郷を避けていく。

「西郷さぁ、もうここらでよかでしょう」

「いや、まだまだ」

「このまま進めば西郷さぁの首を敵兵に渡すことにもなりかねません。どうか、ここらで」

「まだまだ行ける」

意に介さず、進んでいこうとする。そのときである。

何と、半次郎が西郷へ銃を向けた。そして撃った。太股に命中し、歩が止まった。

だが、また立ち上がり、進もうとする。今度は村田が撃ち、腹に命中した。

ふたりとも目に涙をいっぱい溜めている。

西郷はふたりを見つめ、もうわかったという風であった。

「もう、ここらでよかかな。晋どん、頼む」

介錯を頼んだ。

西郷は自分で腹を切ろうとはしない。東方を向き、手を合わせ目を閉じている。

別府が近づき、介錯しようとした。だが、足を負傷しているため、ぐらついている。

「わしでは、儘ならん。辺見、お前に任せる」

辺見が呼ばれた。

近衛に勤めていた頃、西郷さぁのおかげで腹を切らずに済んだ恩がある。この戦でも、その恩返しを込めて走り回ったつもりだ。

時空の修正のため、篤姫様と未来へも行ってきた。

最期はやはり俺の手で、歴史の歯車を狂わせないために介錯することになったのかもしれない。

「先生、こらえてください」

一閃のもと、介錯した。見事であった。

巨星墜つ。西郷の首がその巨体から離れ落ちた。

—— 十四 ——

幕末の世から御一新、そしてこの戦と、大きな時代の変動の折、本人の意志とは関係なく、常に中心に置かれた偉大な英雄。本人は望まずとも時代が彼を放っておかなかった。

その証として、権力や金、名誉に全くといっていいほど欲を示さなかった。

逆に欲の皮に包まれた輩には痛切な皮肉で正したものだった。

権力に縋り付く者には「短刀一本あれば足りる」とか、財閥と組み、金に執着する参議には「三井の番頭さん」と呼んでいた。

どんな汚い手を使ってでも、権力を離したくなかった大久保らの征韓論政争の有様を見ると、西郷の対応は顕著であった。

その稀代の乱世の英雄の最期であった。自らが在郷の若者らと終焉を共にしてくれたのだ。まさしく〝命もいらず〟の有言実行であった。


だが、私学校の若者も含め、この英雄の死の代償はあまりにも大きかった。

それは後の世の政治が、あからさまに証明しているのではないか。

「誰か、早う先生の首を持っていけ。敵兵に渡すな」

従僕が大事に布に包み、駆け去っていった。

残った半次郎らは、あとは死に場所を探し、戦い抜くだけである。

皆、いっせいに敵兵に向かって駆け下りていった。

―― 十四 ――

総攻撃も、そろそろ終わりに近づいていた。

その政府軍の前に立ちはだかる、ひとりのサムライがいた。半次郎である。

前夜、投降していく少年兵と野村にこう言った。

「この負け戦は、おいの戦じゃった。西郷さぁの本意ではなか。私学校徒と共に死んでくれと、おいが頼んだのじゃ。山県、大山、川村に会うたら、それを伝えてくれ」

野村と少年兵らは黙ってうなずいた。

男の中の男。多くを語らず、言い訳をしない。

今後、賊将として大久保らはとことん半次郎の汚名を重ねるべく、ありもしない流言を並べ立ててゆくであろう。それでもよし、仕方ない。

これだけの若い将来ある若者をともに死地へと追いやってしまったのだから。命をかけ、義に生きようとした者らを必ずわかってくれる時代がくると信じている。


政府軍は銃を向けても、なかなか命中しない、この男に手を焼いていた。

「行けっ行け」

銃剣を刺しに三、四人でいっせいに襲いかかる。

しかし、何があったかもわからぬまま、閃光が走り、皆、どっと倒れていく。

すると今度は、半次郎自ら銃をとり発砲していく。

「あたったあー」

「はずしたあー」

まるで楽しんでいるかのようである。

政府軍の隊長がたまらず、

「誰か狙撃兵を呼んで来い」

すぐ、兵がやってきた。

「よし、あの男を撃ち殺せ」

兵は銃口を向けた。

すると半次郎は気付いたのか、その兵に顔を向け、そして笑ったのだ。

「ひぃー」

狙撃兵は動けなくなった。

「ひとりでは駄目だ、まだ呼んで来い」

五人ほど、揃った。いっせいに撃つ構えに入る。また半次郎は気づき、ニヤリと笑った。

「ええい、早う撃たんか」
バ、バーン、バーン。五人とも、とにかく目を閉じ撃った。
そのうちの一発が半次郎の額をとらえた。動きが止まり、仰向けにドーンと倒れた。

皆が恐る恐る近づいた。動かない。確かに死んでいる。ほっとしたのも束の間、皆、今一度恐怖した。

「おい、この男、笑って死んでいるぞ」

〝人斬り半次郎〟の異名を持ち、西郷の懐刀として数々の謎を秘めたまま、豪放磊落に生きた、典型的な薩摩隼人、中村半次郎の最期であった。

曇り無き　心の月の

清ければ

千歳の秋もさやけるらん

中村半次郎

── 十四 ──

半次郎が最期を迎えた頃、辺見はまだ戦っていた。辺見にとって、この一年間は驚きと波乱の連続であった。

近衛将校だった頃、何度かお会いした天璋院篤姫様が、いきなり私学校の自分を訪れたときは、まさかこのような奇妙な体験が待ち受けていようとは思ってもいなかった。

篤姫様は、「辺見よ、私と未来へ行って、ある者に自顕流を教えてほしい」と言われた。

当然、何のことかわからなかったが、詳細を聞き、時空の神の思し召しとあらば仕方ない。命をかけようと腹を決めたが、さすがに予想をはるかに超えていた。

我らの未来があのような世界になっているとは信じられなかった。

未来の世界にも驚いたが、伝次郎との出会い、またその素性も二重の驚嘆となった。

自分にとって、とにかくやれるだけのことはやろうと誓った。

伝次郎には自顕流の極意に近いところまで会得させた。さすがであった。なぜなら半次郎さぁの末裔なのだから。

篤姫様、伝次郎との、この出会いの一年間、半年は未来、残りは戦の半年。

自分の人生の中で本当に充実した日々だったといえる。

だが、貴島も含め多くの同志を失った。

近衛兵だった頃、自らの不徳の致すところがあり、皆から腹を切れと迫られた。だが、辺見はサムライとして戦の中とか義を通すためなら、いつでも切腹する覚悟はあったが、たまたま女と時間を過ごしたことを咎められて切るつもりなど毛頭なかった。

普段、辺見をこころよく思っていない連中は、このときとばかりに迫ってきたのだ。

その最中に近衛大将であった西郷の耳にも子細が入った。

西郷は、ただひと言、

「辺見はまだ若い将来のある者だから許してあげなさい」

まさしく鶴の一声で、事は収まったのだ。

この一件で辺見は、西郷さぁのためなら一命を賭す覚悟を決めたのだ。

辺見の、この戦での活躍は目覚ましかった。政府軍を散々悩まし、幾度となく窮地に陥らせたのは辺見である。

この城山で残り僅かとなった人生を豹のように跳びまわり、敵兵と戦っている。

そうしながらも、いろんな人の顔が走馬燈のように浮かんできた。

篤姫様、伝次郎、貴島、半次郎さぁ、そして西郷さぁ。

俺は……十郎太は皆さんのおかげで悔いのない人生を、波乱の時代の真ん中で謳歌でき申した。ありがとさげ申した。

西郷さぁ、半次郎さぁ、貴島、今行きます。

ダ、ダーン、ダーン、ダーン、ダーン。
数え切れない銃弾が、辺見の体のありとあらゆる所を貫いた。

朱の長刀を持ったまま、前のめりに倒れていった。

私学校の少年らにとって身近な兄貴のような存在であり、あの神の存在にも等しい西郷先生と親交のある辺見は少年らの憧憬のまとであった。

また、西郷にとっても明るく真っ直ぐで、わかりやすい辺見は可愛かったのだ。

だが、時代は……運命は彼らに厳しかった。

砲撃や銃声の音が止んだ。サムライ、薩摩隼人の時代の終焉であった。
それを惜しむかの如く、城山に雨が降り始めた。

―― 十四 ――

対岸の桜島で、生まれて間もない赤子を抱いた娘が祈りを捧げるように、城山を見つめていた。川原モヨである。

一年近く前、この桜島で半次郎様と出会い、今、この腕の中に子を授かっている。

だが、時代は容赦なく二人に襲いかかり、引き離した。半次郎様の無事を祈っているが、おそらく叶わないであろう。

城山への砲撃も止んで静かになった。
「残された私、モヨは、この子を半次郎様の名に恥じぬよう立派に育ててまいります」
モヨは涙があふれ出て止まらない。
それに合わせるかのように、城山にも雨が降り注ぎ出した。
手には、モヨの母が西郷様から頂いた一筆の書を大事に抱いていた。
〝命名　伝次郎〟

この戦は鹿児島を焦土と化し、薩摩隼人というサムライの命をことごとく奪っていった。あの半次郎様の命までも。

―― 十四 ――

伝次郎と敬子も城山に降り注ぐ雨を見つめていた。

西郷さぁ、半次郎さぁ、そして辺見さん。

何百年にもわたり日本人の精神の支柱を築き、時代を造り守ってきたサムライたち。今、ここにまさに終焉を迎えようとしている。

近代日本を造るためには、サムライは除外されないといけなかったのか。巨悪の前では、正義は屈するしかなかったのか。

様々な思いが、この半年間におよぶ戦の総決算として伝次郎の脳裏をよぎっていく。

ひと言では形容できない寛大な西郷さぁ、本当に豪快な辺見さん、誠実な宋太郎さん、義を貫き通した貴島さん、そして俺の爺さま、半次郎さぁ。実にたくましく自由な魂を持ち、正義感あふれたサムライたちだった。

ここに城山の露として消えていった。

雨は次第に強くなり雷も鳴り始めた。

天幕の中にいた二人であったが、丘の向こうに黒マントを羽織ったあの二人が両手を空に掲げ仰いでいる。

天幕に雷が落ちた。

伝次郎は、また目の前が真っ暗になり気を失った。

十五

気が付いた。敬子《すみこ》が優しく覗き込んでいる。

ああ、もう辺見さんはいないのだ。

気付くと、敬子も自分も高校生の制服に戻っていた。前は辺見さんが覗き込み、熊本のこと、時代の話を語ったのだった。


城山に消えていった、辺見さんのことを思い出した。

その城山総攻撃の前夜、西郷は手紙を書いていた。内容はわからない。

伝次郎が投降しようとした際、西郷さぁがゆっくりと立ち上がり、

「この戦が終わって後、この手紙を大久保に渡してくださらんか、頼む。た

だ、渡すだけでよか」

そして優しい瞳で笑みを浮かべた。

この後、自分の死が間近にあるにもかかわらず、他の人のことを考えているのだ。ましてや、自分たちを陥れた者のことを。

「一日接すれば一日の愛があり、三日接すれば三日の愛がある」とは、こういうことなのだろうか。


敬子に問いかけた。

「ここはどこだろう」

「東京の紀尾井坂というところだ」

「紀尾井坂？　確か歴史で聞いたことがあるような気がするが、よく覚えていないなあ」

「まあいい。それより西郷から預かった手紙があっただろう。あれを出してくれ」

懐中から取り出した。

「それを私に預けてくれ、私が渡す」

敬子へ手紙を渡した。すると間もなく、馬車の音が聞こえてきた。徐々に近づいて来る。そして目の前を通り過ぎた。

だが、少し先で止まった。

中から背の高い髭を蓄えた大男が降りてきた。人を近づけさせないオーラを出している。

「これは篤姫様ではございませんか」

その大男が何と敬子の前でかしこまっている。

「お久しゅうございます。お元気でございましたか」

「ああ、大事ない」

「ところで篤姫様、その格好は西洋の物でございますか」

敬子の女子高校生の制服を見て言っているのだ。

「これは日本の女子が着るものだ。気にするな」

「さようで」

「ところで今日は一蔵に渡したいものがあって待っていたのだ」

「はい、何でございましょう」

「吉之助から手紙を預かっている。受け取れ」

「はあ、吉之助さぁからですか」

「何も聞くでない。吉之助からの一蔵に対する最後の友情であり、温情なのだ。大事にするがよい」

「わかり申した。ところで、その少年は」

「私の知人の息子だ。もちろんお前も知っているかもな」

「えっ、誰の……。この面構えは、まさか半次郎……」

「よい、気にするな。手紙確かに渡したぞ、行くがいい。今から皇居へ行くのであろう。天子様を待たせてはならぬ」

「はっ、失礼いたします。近いうちに必ずあいさつに参ります」

「ああ、楽しみに待っておる」

ふたりのやりとりが終わった。


「敬子、今の大男はひょっとして大久保利通なのか」

「さあな」

「だとしたら、大久保とあんな会話するなんて、敬子、お前はいったい何者なんだ」

── 十五 ──

大久保は、これから皇居へ行き、天皇と会う。

今日は皇居にて西南戦争で功のあった臣への叙勲の日なのだ。その大久保が西郷からの手紙を懐中に抱き、馬車に揺られている。


もう西郷さぁの時代は終わった。

これからは日本の基礎造りに励まねばならない。私に抗する鹿児島の私学校徒らは、もういない。今日は、それら私に抗した者を消してくれた者への叙勲の日なのだ。

なんていい日なのだろう。だが、不思議だ。なぜ、篤姫様があんなところに。しかも私に抗した最大の敵、中村半次郎を思わせるあの少年はいったい何者。

それに、この手紙。

この私が賊将からの手紙などを懐中に忍ばせていたら、ろくなことはない。着いたらさっさと始末しよう。

そう考えたとき、急に馬車が止まった。

── 十五 ──

止まって間もなく、馬と従僕の悲鳴が聞こえた。馬車の戸が強引に開けられた。

「大久保利通か」

旧士族であろうか、刀を持ち問いかけた。

「無礼者」

大久保は大声で返した。

俺は、時の最高権力者であるぞ。貴様のその態度は何だ。ちゃんとひれ伏せろ。

そう、心の中で叫んだ。

だが、強引に外へ引き出された。そとには数名の刀を持ったサムライらしき者らがいた。

見上げた途端、殺気がみなぎっていることに気付いた。これは殺されてしまう。

「助けてくれー」

悲鳴をあげた。

そう、大久保は生涯、戦場に立ったことは一度もなかったのだ。

殺気を持ったサムライを目の当たりに接するのは初めてだったのだ。

薩英戦争、戊辰戦争においても常に安全地帯に身を置くことをわすれなかった。廃藩置県を行うにしても西郷の名を借りねば断行できず、その後は不平士族の対応が儘ならず岩倉使節団として、とっとと海外へ逃げ出したのである。常に戦場で死と直面しながらの人生を送ってきた幕末のサムライたちからみれば、信頼などできない存在であったろう。

それ故であろうか、覇者・強者となってからは民を威し脅す政治に邁進したのだった。

因果応報であろう。敵に対し残酷な処分に明け暮れた者の最期は哀れであった。安全地帯にしか身を置いてこなかった者は悲鳴をあげ、刺客に背中を見せてでも、とにかく逃げようと必死であった。

―― 十五 ――

刺客らは空しかった。近代化の名のもと、何百年と続いたサムライの時代を終焉させ、何万、何十万の士族の生活と命を奪った者が目前で命乞いの醜態を演じている。

大久保、お前のやってきた罪の深さを知るのだ。刺客らは、今一度、刀を握り直した。

逃げようとするところを後ろから掴み、頭から体中に至るまで膾のように斬った。頭からは脳が飛び散り、体中血まみれになった。

刺客らは大久保の死体に書状を置き、その足で自首した。

大久保の独裁政治に対しての弾劾であった。

約半年間におよぶ戦、西南戦争は終わった。東京に住む政府の役人らも一息ついていた。

だが、在京の薩摩人らは毎日が針の筵であった。自分たちの保身・出世のために同郷の志士を葬り、しかもあの西郷までも殺した。

世間の目は厳しかった。大久保と川路の所業は知れ渡っていた。

在京の薩摩人のほとんどは西郷を崇拝する者たちであったが、賊将の汚名を着せられた西郷を堂々と擁護する者はいなかった。擁護するとは、すなわち大久保を非難することにつながるのだから。

そのやりきれない思いが顕著だったのが黒田であった。黒田は戊辰戦争の折、庄内藩の城明け渡しに際し、西郷の命に従い勝って驕った態度は一切見せず、寛大な処分で収めた。

当時は江戸薩摩藩邸を焼き討ちした自藩に対し、厳しい処分を覚悟していた庄内の者らは感激した。その処分を指南したのが西郷だとわかると、多くの者が薩摩を訪れ、教えを請うた。

西南戦争勃発の際、政府はまず、庄内の挙兵を恐れたのだった。

その西郷の信頼を得ている黒田は、それを裏切らぬよう、箱館戦争でも榎本らの助命を嘆願するなど、人道を歩む寛典論者であった。西郷もそれを喜んでいた。


— 十五 —


だが、大久保のもとで師事し出してから彼は変貌していった。

西郷と真逆の大久保に仕えることの彼自身の戸惑いは大きすぎた。恩人・西郷に刃を向けたことで後悔の念にさらされていた。

戦争後の彼は私学校徒の亡霊に怯え、極端に酒量が増えていった。

そういう最中、彼は酔った末、妻を日本刀で殺したのではないかという事件を引き起こす。

このとき、大久保は他の閣僚からの追及を受けた際、

「黒田君は私の昔からの友だ。そんな事をするはずがない。だが、疑義があるとするなら川路に確かめさせよう」

そう言って遺体の検分をまかせた。川路は墓に埋葬された遺体を掘り起こし、ろくに検分もせぬまま、

「特に異常なし」

と、川路だけの判断でさっさと終わらせたのだ。

形だけの検死。これが後にまで疑惑の尾を引くことになる。

当然であろう。真相は闇の中のままだ。

黒田は西郷が健在の頃は純真・清潔であった。だが、大久保の影響を受け、極端な功利主義者になってしまったのだ。

と、同時に、敬慕する西郷と同胞の薩摩健児を西南の地の露と消えさせてし

まったことに心の支えを失っていたのである。

そのため、この現状から逃避したいと思い、酒の中に身を託したのだ。


一方、大久保はというと、権力の中枢にいて人を重用し、排除できる感覚が常態にあり、皆からは冷厳だと言われる存在にあった。

そのため実際の死というものは、逆にますます無縁の存在と感じてゆくのだろう。


前原・江藤・西郷を葬った大久保は、まさに暴君そのものである。

人の人生とは、この幕末・明治において生き様が死に様にまで及ぼすのであった。

大久保は終生、自分の身は一度たりとも戦場に置かなかった。これは偶然ではなく、意図的に常に安全地帯に身を置いていた。

西郷は大将でありながらも、禁門の変・上野戦争など最前線に立っていた。

権力の中枢にいても戦いの中で死んでいった同胞を看取っていた。

この西南戦争を見るにつけても、西郷は最期まで正道を踏み、義を尽くすことから戦の勃発から戦い方に至るまで、それを突き通している。

大久保はどうかというと、この戦や征韓論争・寺田屋事件を見ると、正道を私曲を以て罪に落とし付けている。

私学校徒が常に主張していたのは、憲法制定・国民による国会開設であり、五箇条の御誓文の第一、その義に先立ち相尽くすべきことであった。

大久保は、国会は時期尚早として取り合わなかった。これは当然、選挙になれば自分は西郷に負けるとわかっていたからであろう。

この二人の度量と人気の違いは言論の自由に対する対応で如実に表われる。

西郷は参議や閣僚に新聞購読を奨励し、言論の自由を推奨した。

大久保は自分に都合の悪いものは弾圧すべしとして、西郷を下野させた後、新聞紙条例・出版条例を制定し、権力をもって天下を鎮静する方策に徹した。

御一新を同じく成した対照的な二人であったが、その生活ぶりにも示される。西郷は東京では兵士らと長屋住まいをし、徒歩通勤で常にお金には距離を置き、児孫に美田など買わなかった。

大久保はというと豪邸を建て、美妾を抱え驕奢を好み、馬車通勤であった。また、息子を財閥へ養子としても送り出している。

「敬天愛人」といえば、西郷の心を表わしている。

大久保は執務室に「為政清明」を掲げていた。

同じ理念としても陽明学の「知行合一の士」である西郷は実践理性であった。「為政清明」とは、政治は清く明らかでなければならないということである。


大久保亡き後、遺産の整理をすると多額の負債が残っていた。

それは友人たちからの負債であった。日本にとって必要なことでも予算がつかないことに私財を投じたのだと評された。

そのほとんどの借金の相手の友人とは、同郷の大阪の政商、五代であった。大久保は渡米するときに五代から「政治献金」を受けた。自宅の豪邸建築の際は家具調達などで便宜をはかってもらっている。暗殺されたときに乗っていた西洋馬車も五代の贈り物である。五代は大久保が大蔵卿時代から銅銭の鋳つぶしを受注して財を成していた。

献金の事実が露見すると、大久保はこの「献金」を「借金」と称した。この件を批判した私学校徒らを大久保・五代両人は「薩摩の芋が何を言うか」と一笑に付した。

これに対し、私学校徒は、「確かに我々は芋かもしれぬが、お前たちは腐れ芋だ」と返したという。

「なんと多額の負債が残っている。大久保さんほどの地位にある人なら、お金はどうにでもなったろうに、誠に清潔であったことよ」

と、褒め称え証明したのは「献金」を「借金」と称し直した五代であった。

その大久保からすれば、西郷・私学校は何としてでも潰さなければならない存在だったのだろう。

歴史に〝もし〟は、ありがちな発想だが、〝もし〟大久保が西郷のように下野する事態になったとしたら、果たして共にする者がどれだけいたのだろうか。

── 十五 ──

大久保の死体が検分された。時の最高権力者の最期にしては、あまりにも無惨であった。だが、彼の人生からすれば因果応報とも言える死に様なのかもしれない。

場所も旧幕府の大名屋敷の並んでいた坂でもあった。

懐中より手紙が出てきた。何と、あの西郷からのものであった。

皆、驚いた。

最大の政敵の手紙を死ぬ間際に持っているとは。やはり、大久保は偉大な政治家なのだと、友情は存在したのだと世間は感激した。

西郷は大久保と、その志を理解していた。近代日本のためには誰かが汚れ役を買ってでもやらねばならぬことを。

懐深く温情の人、西郷は大久保との親交のあったことで裏切り者のレッテルを貼られることを少しでも避けてあげたいと手紙を託したのかもしれない。

大久保も西郷を殺してしまったという負い目は常にあったであろう。

歴史とは皮肉なものである。

西郷が城山で大久保に渡してほしいと託した手紙。

大久保政府と、このように最後は袂を分かち合う形で大きな犠牲を払う戦になった。

この頃、大久保の気持ちは、すでに勝敗の見えているこの戦からは離れて大博覧会にあった。

—— 十五 ——

それでも西郷には、思うところがあった。幕末の争乱・戊辰戦争・そしてこの戦までの間に、いったい何人死んでいったのだろうか。我々の死は、決して無駄ではなかったことを示したい、それには為政者が、その出来事、人々に思いがあったことを証明せねばならない。単なる犬死にの民の上にのさばり、権力を行使させてはならないのだ。

それは、これからの日本を造っていくうえでも最も大事な事なのだ。

それを大久保にも、他の閣僚にも知らしめておきたい。また日本の民、すべてにも。

西郷は一筆、

道は天地自然のものにして、人は是を行うものなれば
天を敬するを目的とす。
天は人も我も同一に愛し給うゆえ、
我を愛する心をもって人を愛するなり
敬天愛人　　南洲

を揮った。

西郷は敬子が篤姫だと知っていながら、城山での最期までひと言も会話しなかった。

敬子が投降に下る直前、西郷が近寄り、

「一蔵どん宛の手紙を伝次郎に託しました。あとは頼みます」

「ああ、構わぬが、何か伝えることはないか」

「特にごわはん。姫、いろいろと難儀をかけもうしたなあ」

「ああ、だが、まんざらでもなかったぞ」

敬子はそう返し、伝次郎のもとへ行った。

そのとき、ふと思った。時空の神として、私に命を下したのは西郷なのではないのかと。

—— 十五 ——

伝次郎と敬子は大久保の乗った馬車を見送っていた。

間もなく、馬の鳴き声が聞こえた。

と同時に、

「無礼者」

「助けてくれ」

大久保の声のようだ。何事だろう、駆け出そうとした、そのとき、

「行かなくてもよい」

敬子が止めた。

「えっ、どうして」

「これも歴史の定め、今、歪みも修復した。もうよいのだ」

俺が行っても、今さらどうしようもないのか。手紙を渡すことで俺たちの役目は終わったのか。


ところで西郷さぁとは、いったい何者だったのだろうか。

ほとんど会話らしい会話もせず、終わってしまった。だが、その存在感は何にも比べようもない大きいものであった。人生を達観したような、その振る舞

い、言動はあのすさまじい激戦の中でも生きているという幸せを感じさせた。

そこには私利私欲など全く思わせない、寛大で寛容なものがあった。

伝次郎の時代のある著名人が、こう言った。

「西郷を慕う心が国民にある間は、日本はまだまだ大丈夫。だが、これがなくなる時は日本は滅びる」と。

現代の俺たちに西郷を慕う心が繋がっているだろうか。

戦で露と消えていった辺見さんたちに何て言えばいいのだろう。

「伝次郎、何を考えている。何か思うことがあったのか」

「いや、別に。ただ、俺はこのままでいいのか。何かすることはないのだろうか」

「よいよい、無理をしなくても」

その時だ。

坂の向こうに黒マントの二人が現れた。敬子が伝次郎の腕にすがってきた。

「これで終わりらしい。いろいろと楽しかったぞ。それまでは退屈だったからな」

「えっ、終わりって、別れるのか」

「そうらしい。いろいろと、よき思いをさせてもらった。礼を言う。伝次郎の世もなかなか面白かった。田原坂は怖かったけど」

敬子と別れなければならないのか。もう、会えないのか。会話もできないのか。

無性に寂しさが襲ってきた。

敬子をじっと見つめた。見上げるその眼には涙が浮かんでいる。

「敬子」

自然とふたりは唇を重ねた。そして強く抱きしめた。

「伝次郎、もう行かなくてはいけないらしい。これで別れだ」

「えっ、どこへ。もう会えないのか」

敬子が後退りしていく。

「伝次郎、お前は素敵な男だ。さすが半次郎の末裔だ。楽しかったぞ。私は、お前を……」

あの雷鳴が轟き、落ちた。ピカッ　ドーン。

―― 十五 ――

十六

「伝次郎、起きろ。もう授業終わったぞ」

後ろの席の坂元が肩を揺すり、起こした。

「うっ、うん」

目が覚めた。

とても深い眠りだったようだ。まわりを見渡す。辺見さんも黒マントの二人もいない。

「敬子《すみこ》はどこだ。おい、敬子を知らないか」

「誰だよ、その敬子って」

「藤原敬子だよ。ほら、この前転校してきた」

「伝次郎、大丈夫か。そんな転校生なんて来てないぞ。爆睡して夢をみてたんだろう」

「何を言ってる。敬子の他にも辺見さんもいたじゃないか」

「来年の春に統廃合される高校に来る奴がいるはずないだろう」

どういうことだ。本当に夢だったのか。


まあ、よく考えてみたら確かに現実ではあり得ないことの連続だった。

ここで敬子と一緒に暮らした半年、西南戦争での半年、一年間経っているはずなのだから。もし本当なら、高校も卒業し進学しているはずだから。

やはり、夢か。

伝次郎は、ぼんやりとしたまま、おもむろに図書室へ向かった。

秋の夕暮れに敬子が窓辺で本を読んでいたよな。この席だったかな。

ゆっくりと座り、外を眺めた。

あのときと同じように、そろそろ冬も近づき、校庭を枯れ葉が舞っている。
静かだな。
ゆっくりと記憶を振り返ってみる。

辺見さんとやった自顕流の稽古。敬子と歩いた川辺。
田原坂での激戦。貴島さんの死。
人吉で敬子といっしょに見て感動した、あの夕焼け。
可愛岳《えのだけ》突破。宋太郎さんとの出会い、死の別れ。
城山で自分の出生の秘密を知った。半次郎さぁの末裔であること。
自宅にある書の揮毫《きごう》の主は西郷さぁであったこと。
城山総攻撃。そして薩摩隼人、サムライの時代の終焉。
紀尾井坂での大久保との出会い。

── 十六 ──

どれ位の時間が経っただろうか。

伝次郎はふと、大久保と敬子の会話を思い出した。

「篤姫様」とか、呼んでいたな。いったい誰のことだろう。

図書室の歴史コーナーの本棚へとやってきた。百科事典をさがす。あった、これだ。

敬子が座っていた席へ戻り、ページをめくってゆく。ア、ツ、ヒ、メで探していく。

あっ、これは。伝次郎の表情がみるみる変わってゆく。

略歴を見ていく。

江戸時代の後期から明治の女性で、薩摩藩島津家の一門に生まれ、島津本家の養女となり、五摂家筆頭、近衛家の娘として徳川家に嫁ぎ、江戸幕府十三代将軍家定、御台所となった人物。幼名は一（かつ、もしくはいち）。本家当主で従兄・島津斉彬の養女になり、本姓と諱は源《みなもとのあつこ》篤子に、近衛家の養女となった際には、藤原敬子《ふじわらのすみこ》と名を改めた。

そうか、このときの名なのか。

そうか、わかったぞ。時空の神様が、わざわざ敬子を現代にまで遣わした理由が。

俺が自顕流の遣い手ということだけでは、なかったのだ。

幕末・御一新の理想を成し得なかった薩摩のサムライたちの志を継げということなのだ。それは、皆が豊かで平和に暮らすことだ。

西南戦争を目の当たりにすることで、この現代に、今一度、本当の平和を取り戻してほしいということなのだ。

敬子も波乱の幕末を生き抜いたからこそ、わかっていたのだ。

俺は半次郎さぁの末裔として、私学校のサムライたちの遺志を引き継ぎ、成し遂げるために生きてゆく。

敬子、いや、天璋院篤姫様、

「俺は、たくましく自由な魂を持った、正義感あふれる現代のサムライになってみせます」


— 十六 —


伝次郎は、ゆっくりと木造の窓を開けた。

夕陽の中を、はらはらと落ち葉が舞っている。少し肌寒い風が吹いてきた。

窓辺の歴史百科事典を、その風がパラパラとめくってゆく。

天璋院篤姫の生涯唯一残された写真のページが開かれた。着物姿で座って写っている藤原敬子の姿があった。
その首には、あのペンダントが飾られていた。

著者プロフィール

桐野 文明（きりの ぶんめい）

鹿児島県大隅半島在住
野太刀薬丸自顕流道場門下生
著書に『5円玉のペンダント』（文芸社）がある

俺の爺さまは半次郎

2016年7月15日　初版第1刷発行

著　者　桐野 文明
発行者　瓜谷 綱延
発行所　株式会社文芸社
〒160-0022　東京都新宿区新宿1－10－1
電話　03-5369-3060（代表）
03-5369-2299（販売）

印刷所　株式会社フクイン

ISBN978-4-286-17409-9